어버이 은혜를 저버리지 말라

서흥식

어버이 은혜를 저버리지 말라

서홍식 수필집

정출판

이 책의 제목을 "어버이 은혜를 저버리지 말라"라고 달았다. 이 책은 지난 나의 삶의 흔적을 후손들에게 두 번째 남기려는 마음으로 편집을 했다. 남들은 이 세상을 쉽게 살아가는 삶이었지만 나는 고통스럽고 힘들게 살아가야 했었다. 내가 젊은 시절에 나이는 들어가고 다른 친구들은 직장을 다 정하고 사회활동을 하고 있는데 어떻게 하면 좋을지 어떻게 살아가야 할지 고민에 고민을 거듭하다가 내가 갈 곳을 정하고 이 길을 성공적으로 지나가야 남과 같이 평범한 인생길을 걸어갈 수 있을 것으로 생각하고 열심히 독학을 했다.

늦었다고 생각할 때가 가장 빠른 때라는 걸 나는 안다. 잠도 제대로 못 자고 먹을 것도 제대로 못 먹으면서 나는 공부를 했다. 그렇게 열심히 하는 것을 보고 하늘의 도움이었는지 모르지만 어려운 공무원시험에도 두 번씩이나 합격했다. 그리하여 청렴하고 정직하게 30년 이상 공직생활을 하고 내 딴에는 자랑스럽게 정년퇴직을 했다. 이 책은 여러 가지로 배우지 못한 내가 살아오면서 체험하고 느꼈던 일, 내가 공감되었던 일 등에 나의 견해를 첨가한다는 자세로 엮었다. 진정한 삶의 의미는 무엇이며 그 시작은 어디인지 생각해 봐야겠다. 인간의 죽음이 삶의 끝인지 아니면 다른 세계로의 시작인지 끝이 아니라 시작인지도 모른다고 생각을 해본다. 돌고 도는 윤회의 의미도 새겨본다. 시작과 끝이 의미를 생각해 본다.

6

이 세상에는 절대 악도 없으며 절대 선도 없다. 부정7 긍정3 아니면 부정6 긍정4 등으로 글을 써야 한다. 그래야 내일도 글을 또 쓸 기회를 얻도록 하는 지혜가 필요하다는 것이다. 글은 언제나 단정적으로 쓰지 않는 게 좋다. 어쩌다 글로 송사에 걸릴지도 모르는데 그럴 때 빠져나갈 길은 언제나 만들어가면서 글을 써야 한다. 예를 들면 '해야 한다를 하는 것이 좋을 것이다. 그렇다를 그럴는지도 모른다. 그럴 것 같다'와 같이 말이다.

옛날에 한 청년이 임금님을 찾아가 인생의 성공 비결을 가르쳐 달라고 요청했다. 청년은 식은땀을 흘리며 임금님의 지시를 수행하고 돌아오자 임금님은 "그래 시내를 돌며 무엇을 보고 들었는지 말하라고 했다." 청년은 "아무것도 보지도 못하고 듣지도 못했다고 말을 했다. 그랬더니 임금님은 "그것이 네 인생의 교훈이다. 모든 것에 집중하고 살면 인생은 성공할 것이고 유혹과 약한 소리도 네게 돌아오지 않을 것이다. 참다운 성공의 비결은 자기가 하는 일에 긍지를 가지고 최선을 다하는 것이다. 그러면 그일 뿐만 아니라 다른 일에도 성공할 수 있다고 말했다."

끝으로 부모님 조상님을 돌보지 않는 것이 첫째 불효요. 도박과 술에 빠져 부모님 조상님을 돌보지 않는 게 둘째 불효요. 제물과 처자식만을 사랑하느라고 부모님 조상님의 봉양을 돌보지 않는 것이 셋째 불효라고 했다. 관능적 쾌락을 좇느라고 부모님 조상님을 욕되게 하는 것이 넷째 불효요. 헛된 용맹으로 싸우기를 좋아하여 부모님을 걱정하게 하는 것이 다섯째 불효이다. 아버지의 정력과 어머니의 피로 그 몸뚱이가 생겨났다. 젊은 그대여 부디 늙어가는 부모님을 잘 모시도록 하라. 효에는 세 가지가 있으니 가장 큰 효는 부모님을 존경하는 것이며 다음은 부모님을 욕되게 하지 않는 것이다. 그다음은 부모님이 의식주에 궁하지 않게 봉양하는 일이다.

종합본으로 팔순기념 첫 문집을 발간했고 이번에 두 번째 문집은 수필만을 여기저기서 주워 모은 글로 70여 편의 글들과 사진 몇 장을 곁들여서 부족한 두 번째 책을 간행했다. 여러 가지로 미흡한 저의 글 문장 중에는 중복되는 것이 있을 것으로 생각이 되지만 이해하고 양해하여 주시기 바란다. 이렇게 두 번째 졸작을 다시 흔적으로 남기게 되어 죄송하게 생각한다. 이 책을 접하는 모든 분의 마음속에 한 구절이라도 남는 게 있다면 더없는 영광으로 생각하겠다. 끝으로 이 책을 출판하는 데 도움을 준 한국예술복지재단 관계자분들과 이 책을 출판함에 많은 지도를 해주신 여러 친지분께 진심으로 머리 숙여 고마운 말씀을 드리고자 하는 마음이다.

2023년 1월 두 번째 책을 발간하며

서 홍 식

차 례

차 례

제2부 단 한 번 주어진 인생

제3부 아름다운 서귀포 기행

차 례

제4부 어느 착한 며느리의 효심

제5부 제주 4·3은 끔찍한 비극이었다

차 례

제6부 평생 배우며 봉사하는 삶

제1부

공직자는 한 점 부끄러움이 없어야

80대 전후의 우리 인생

인생이란 기나긴 여행과도 같다. 우리 생명이 탄생하여 죽음으로 끝이 나는 약 80여 년의 유한한 여행으로 그것이 우리의 인생이다. 내가 살고 있는 집은 나의 영원한 집이 아니다. 얼마 동안 머무르다가 언젠가는 떠나야 하는 한때의 여인숙이다. 내가 쓰고 있는 이 육체의 장막은 나의 영원한 몸이 아니다. 얼마 후 벗어놓아야 할 일시적인 육의 옷으로 죽으면 썩어 버리는 그릇에 불과하다. 우리는 지상의 나그네라는 사실을 잊어서는 안 된다. 죽음 앞에는 그 누구도 예외가 없다. 죽음에서 도피한 사람은 이 세상에 아무도 없다.

인생 나그넷길에 어떤 이는 고독한 여행을 하고, 어떤 이는 행복한 여행을 하고, 어떤 이는 괴로운 여행을 하는가 하면, 어떤 이는 즐거운 여행을 하기도 한다. 산다는 것은 길을 가는 것이다. 사람은 사람이 가는 길이 있다. 짐승은 사람의 길을 갈 수 없고 사람은 짐승의 길을 가서는 안 된다. 인간의 양심과 체면과 도리를 저버리고 짐승처럼 추잡하고 잔악한 행동을 할 때 그는 짐승의 차원으로 전락하고 만다. 춘하추동, 네 계절의 순서는 절대로 착오가 없고 거짓이 없는 것이다. 봄 다음에 갑자기 겨울이 오고 겨울 다음에 갑자기

여름이 오는 일은 없다. 우주의 대 법칙, 대자연의 질서에는 추후도 거짓이 없고 부조리가 없다.

100년도 안 되는 인생길에서 근심 걱정 없는 사람이 없고 출세하기 싫은 사람이 없고 시기 질투 없는 사람이 없고 흉허물없는 사람이 어디 있으리오. 세상에 영원한 것도 없고 우리는 잠시 잠깐 다니러 온 세상인데 있고 없음을 편 가르지 말고 잘나고 못남을 평가하지 말고 사이좋게 어우러져서 살다가 가야지 않겠는가. 우리 인간이 만남의 기쁨이건 이별의 슬픔이건 다 한순간이다. 사랑이 아무리 깊어도 산들바람이고 외로움이 아무리 지독해도 눈보라일 뿐이다. 폭풍이 아무리 세도 지난 뒤엔 고요하듯 아무리 지극한 사연도 지난 뒤엔 쓸쓸한 바람만 맴돈다. 버릴 것이 있으면 버려야지 내 것이 아닌 것을 가지고 있으면 무엇 할 것인가.

우리가 살면서 줄 것이 있으면 줘야지 가지고 있으면 뭐 하오. 내 것도 아닌데 삶도 내 것이라고 하지 맙시다. 잠시 머물다 가는 것일 뿐인데 묶어둔다고 그냥 있겠소. 흐르는 세월 붙잡는다고 아니 가겠소. 그저 부질없는 욕심일 뿐 삶에 억눌려 허리 한 번 못 펴고 인생 계급장 이마에 붙이고 뭐 그리 잘 났다고 남의 것을 탐내는가. 훤한 대낮이 있으면 까만 밤하늘도 있지 않나요. 낮과 밤이 바뀐다고 뭐 다른 게 있소. 살다 보면 기쁜 일도 슬픈 일도 있다지만 잠시 대역 연기하는 것일 뿐 슬픈 표정 짓는다고 하여 뭐 달라지는 게 있소. 기쁜 표정 짓는다고 하여 모든 게 기쁜 것만은 아니오. 내 인생, 네 인생 뭐 별거라던가. 바람처럼 구름처럼 흐르고 불다 보면 멈추기도 하지 않소. 우리는 그렇게 사는 것이다. 삶이란 한 조각 구름이 일어남이오. 죽음이란 한 조각 구름이 스러짐이다. 구름은 본시 실체가 없는 것으로 죽고 살고 오고 감이 모두 같은 것이다.

　우리 인생길이 아무리 고달프고 힘든 가시밭길이라고 말하지만, 우리 걸어온 인생역정은 왜 그리 험난했고 눈물로 얼룩진 한 많은 세월이었는지! 하루 끼니조차 해결하기 어려웠던 보릿고개를 슬픈 운명으로 넘어온 꽃다운 젊은 날들! 돌아보면 굽이굽이 눈물겨운 날들이었다. 지금은 무심한 세월의 파도에 밀려 육신은 이미 여기저기 성한데 하나 없고 주변의 가까운 지인들은 하나둘씩 귀천의 길로 사라지고 있는데 정신은 자꾸만 혼미해지는 황혼 길이라. 그래도 지금까지 힘든 세월 잘 견디며 자식들 잘 길러 최소한의 부모 의무 다하고 무거운 발걸음 이끌고 여기까지 왔으며 이제는 남에게 빚이 없고 남에게 원한이 없으니 기본적으로 잘 살아왔다고 자부하고 싶은 마음이다.

　인생 나이 70 넘으면 이성의 벽이 허물어지고 가는 시간 가는 순서 다 없어지니 흉허물없고 부담 없는 좋은 친구와 산이 부르면 산으로 가고 바다가 손짓하면 바다로 가고 하고픈 취미생활 마음껏 다하며 남은 인생 후회 없이 즐겁게 살다 가야지 않겠는가. 이 세상 어느 날 갑자기 소리 없이 훌쩍 떠날 적에 돈도 명예도 사랑도 미움도 가져갈 것 하나 없는 빈손이요. 동행해 줄 사람 하나 없으니 자식들 뒷바라지하느라 다 쓰고 쥐꼬리만큼 남은 돈 있으면 자신을 위해 아낌없이 다 쓰고 행여나 사랑 때문에 가슴에 묻어둔 아픔이 남아 있다면 미련 없이 다 떨쳐 버리고 "당신이 있어 나는 참 행복

합니다"라고 진심으로 말할 수 있는 친구와 남은 인생 건강한 몸으로 후회 없이 살아가야지 않겠는가?

450년 전 이응태 아내의 절절한 편지

나는 이 세상을 혼자서 살아가는 줄 알고 착각 속에서 아내를 잊어버릴 뻔했는데 내 아내의 소중함을 생각하면서 살아갈 수 있는 인생 끝자락의 짧은 세월이 있다는 것을 느끼면서 내가 죽기 전에 알아낸 때늦은 기회인지도 모르겠다. 우리는 매사를 긍정적으로 보는 덕분에 살고 있는지 아니면 부정적으로 한탄하며 살고 있는지 생각을 해 봐야겠다. 오늘도 하나님 덕분에, 부모님 덕분에, 친구 덕분에 살아가고 있음을 고백하는 멋진 사람이었으면 좋겠다. 나는 오늘도 사랑하는 많은 이들과 함께하는 인생길을 살아가고 있음에 감사하는 마음을 가지고 있다.

"만나는 모든 사람마다 교육의 기회로 삼아라"라는 링컨의 좌우명을 나는 소중히 여기며 열심히 실천하면서 살았다. 누구에게든 모르는 것이 있으면 부끄러움 없이 질문하고 배우기를 게을리하지 않았다. 이것은 지금까지 사는 동안 나를 지켜준 소중한 버팀목이었음은 물론이다. 우리 노인들도 취미로 마음만 먹으면 컴퓨터, 가요, 댄스 등을 배운다든지 지역사회 봉사활동에 참여한다면 고독함이나 우울증은 자연스럽게 멀어질 수 있을 것이다. 내게 남은 인생이 얼마나 될지 그것은 아무도 모른다. 하지만 남은 인생을 아름답고 보람 있게 보내고 싶은 마음은 모두가 같을 것이다. 단 한 번 주어진 인생! 무엇이든지 열심히 배우려고 노력하는 자세를 견지한다면 아름다운 노년은 저절로 만들어질 것이다. 우리의 남은 삶이 길지 않으니 이 세상을 더욱 소중한 마음으로 살아야겠다.

1998년 경북 안동시 정상동에서 450년 전, 원이 엄마의 사랑 편지가 발굴된 것이다. 고성이씨 문중 묘를 이장하는 과정에서 이응태의 미이라와 함께 부장 유물이 나왔는데 이응태의 머리맡에는 한글 편지와 아내가 머리칼을 섞어서 삼은 미투리(신발)가 발굴되었다. 이응태(1556~1586년)는 서른한 살의 나이인 아내와 배 속 아이를 남겨둔 채 요절했는데 아내가 남편을 그리며 쓴 편지이다. 1586년 음력 6월 1일 안동에 살던 어느 여자가 남긴 편지로 문학사 여성사적으로 연구할 가치가 높다는 것이다. 6년 뒤 1592년에 임진왜란이 일어났기 때문에 그녀와 그의 아들이 순탄치 않은 삶을 살았으리라 짐작할 수 있을 것이다. 이때 다른 유물과 함께 1998년 4월 25일 아내의 편지도 함께 발견되었다.

남편을 잃은 아내의 편지
"당신 언제나 나에게 둘이 머리가 하얘지도록 살다가 함께 죽자"라고 하셨지요, 그런데 어찌 나를 두고 당신 먼저 가십니까? 나와 어린아이는 누구의 말을 듣고 어떻게 살라고 다 버리고 당신 먼저 가십니까? 당신 나에게 어떻게 마음을 가져왔고 또 나는 당신에게 어떻게 마음을 가져왔나요? 함께 누우면 언제나 나는 당신에게 말하곤 했지요, "여보 다른 사람들도 우리처럼 서로 어여삐 여기고 사랑할까요. 남들도 정말 우리 같을까요. 어찌 그런 일들을 생각하지도 않고 나를 버리고 먼저 가시는가요, 당신을 여의고는 마무리해도 나는 살 수가 없어요. 빨리 당신께 가고 싶어요. 나를 데려가 주세요. 당신을 향한 마음을 이승에서 잊을 수가 없고 그 서러움의 한이 없습니다. 내 마음 어디에 두고 자식 데리고 당신을 그리워하며 살 수가 있을까 생각합니다. 아내 편지 보시고 내 꿈에 와서 자세히 말해 주세요. 꿈속에서 당신 말을 자세히 듣고 싶어서 이렇게 써서 넣어드립니다.

자세히 보시고 나에게 말해 주세요. 당신 내 뱃속에 자식 낳으면 보고 말할 것 있다 하고 그렇게 가시니 배 속의 자식 낳으면 누구를 아버지라 하라시는 거지요? 아무리 한들, 내 마음 같겠습니까? 이런 슬픈 일이 하늘 아래 또 있겠습니까? 당신은 한갓 그곳에 가 계실 뿐이지만 아무리 한들, 내 마음같이 서럽겠습니까!

한도 없고 끝도 없어 다 못 쓰고 대강만 적습니다. 이 편지 자세히 보시고 내 꿈에 와서 당신 모습 자세히 보여주시고 또 말해 주세요. 나는 꿈에서 당신을 볼 수 있다고 믿고 있습니다. 몰래 와서 보여주세요. 하고 싶은 말끝이 없어 이만 적습니다."

1586. 6. 1 아내가

이렇게 이응태의 부인은 남편에 대한 뜻깊은 마음을 담은 이 편지와 함께 자신의 머리카락으로 삼은 미투리를 함께 무덤에 묻었다. 남편의 죽음을 애도하는 이 편지는 보는 이들로 하여금 가슴을 저리게 한다. 요즘 시대에는 크나큰 울림으로 다가온다. 450년 전 애틋한 부부애를 볼 수 있는 조선시대의 사랑이다. 이 세상에는 부부간에 잔인한 사건들이 끊이지 않고 있다. 검은 머리가 파뿌리 될 때까지 함께 하자고 맹세했던 부부가 비극으로 끝을 맺는 경우가 최근에는 허다하다.

　5월은 가정의 달이고 21일은 부부의 날이다. 부부는 완벽한 인격체의 결합이 아니라 서로 다른 환경에서 자란 두 남녀의 결합이다. 그러니 살아가는 동안 부부 싸움은 당연하다. 그런데 지혜로운 부부는 서로 이해하고 용서하고 포용하며 부부 싸움을 극복한다. 이 편지는 지금부터 450년 전 남편을 먼저 보낸 아내의 가슴이 절절한 사랑의 편지이다. 지금 우리 부부는 어떤가? 하고 다시 한번 되돌아봐야지 않을까.

고창 고인돌 유적탐방

여행은 언제나 가슴을 설레게 한다. 가을비가 부슬부슬 내리는 늦가을 날 전북 고창군에 있는 고인돌 유적지를 관광하겠다는 생각으로 군산행 비행기를 탔다.

고창 고인돌 유적지는 국내외 많은 사람들이 찾고 있는 우리나라 최대의 고인돌 유적지이다. 고인돌 박물관이 있는 죽림리를 중심으로 주변에 고인돌 유적지가 조성되어 있다. 총 1,550여 기의 고인돌이 있으며 그중 2,000년 12월 유네스코 세계문화유산으로 등재된 고인돌은 447기이다. 고창 고인돌 탐방 코스는 제1코스에서 제5코스 약 1.8km의 공간에 이렇게 많은 고인돌이 밀집된 곳은 국내에서 이곳 고창이 유일하다고 한다.

고인돌 군락 현장을 직접 보기 위하여 고인돌 박물관에서 도보로 걸어 왕복 1km가 넘는 현장으로 갔다. 나지막한 산의 능선을 따라 조성된 고인돌 유적지 현장에 섰다. 앞에는 넓은 평원과 물이 흐르는 조그만 개천이 있었다. 이런 자연환경으로 인하여 이렇게 많은 고인돌이 놓이게 되었구나. 하는 생각이 들었다. 넓은 평원과 농사에 필수적인 물이 있는 것으로 보아 이곳 고인돌 유적지는 농경사회와 연관이 있다고 생각하는 것이다. 또한, 이곳 고인돌이 거대한 규모로 봐서 많은 사람들이 동원되지 않고는 불가능한 규모로 이곳에는 많은 사람들이 모여 살았던 것임도 알 수 있다.

고창 고인돌은 다른 지역의 고인돌과 다른 점이 있다. 고창 고인돌의 굄돌은 직사각형과 괴석형, 긴 사각형 등 매우 다채롭다. 고인돌 위에 올린 덮개돌의 크기와 모양도 다양하다. 넓이와 폭, 두께는 비슷하지만, 돌의 무게는 비교할 수 없이 큰 것이 많다. 작은 것은 10~20t이지만 큰 것은 돌 하나가 200~300t이 넘는 것도 있다. 아마도 지위와 경제력에 따라 다른 규모의 고인돌을 만들었을 거라고 추측이 되고 있다. 그 옛날 선사시대의 우리 조상님들이 지혜가 얼마나 대단했는지 존경스러워지는 마음이다.

그렇게 고인돌 유적지 현장을 보고 나서 고인돌 박물관으로 돌아왔다. 본 박물관은 청동기시대의 각종 유물과 생활상을 한눈에 살펴볼 수 있는 곳이며 세계문화유산으로 등재된 고창 지석묘군(사적 제391호)을 보존, 관리하고 관광자원으로 활용하기 위해 고인돌 박물관이 건립 조성되었다고 한다.

고창군은 2004년부터 9만 2,000여 평방미터 부지에 265억 원의 사업비로 유적지를 정비하고 고인돌 박물관, 선사마을 재현 공간, 체험실습장, 탐방로, 편익 시설 등으로 이루어진 고인돌공원을 조성하였다.

2008년 개관한 고인돌 박물관은 지상 3층 규모로 1층에는 기획전시실과 3D입체영상실 등이 있고, 2층에는 청동기시대의 조형물과 대형벽화, 영상시설, 세계 거석문화 소개 코너가 설치되어 있다.

3층은 선사시대 방식의 불 피우기, 암각화 그려보기 등 선사문화를 체험할 수 있는 시설로 꾸며졌고, 옥상에는 대형 망원경을 설치하여 관광객들이 주변에 있는 고인돌 유적을 한눈에 둘러볼 수 있게 하였다.

고창군은 작은 군이지만 고인돌 박물관과 공원을 깨끗하고 아름답게 조성했으며 요소요소에 자연석으로 만든 의자와 이엉을 얹은 초정(草亭) 등의 쉼터를 설치하고 있다. 거기다 가래나무, 대나무, 뽕나무, 오리나무, 배롱나무 등의 나무와 구절초, 앵초, 양지꽃 등의 야생화를 곳곳에 심는 등 쾌적한 환경에서 관광객들이 관람하고 체험할 수 있게 만들어 놓았다. 안내원들은 친절하고 상냥하여 타 관광지와 비교해 모범이라 할 수 있어 이는 관광 제주가 본받을만하다고 생각하였다.

공직자는 한 점 부끄러움이 없어야!

미국의 대통령을 지낸 '클리블런드'는 취임 연설에서 "공무원은 국민에 의하여 작성된 법을 시행하는 국민의 공복이며 대리인이다"라고 했습니다. 우리가 세상 살면서 꼭 주의해야 할 것은 부정한 짓을 하지 말아야 합니다. 부정한 짓은 하는 순간부터 내가 살아가는 길에 큰 짐이 된다는 것을 잊어서는 안 됩니다. 그 짐은 언젠가는 곪아 터져 자신에게 큰 치명타가 되기 때문입니다.

공무원에게는 권한도 있지만, 그 권한에 상응하는 봉사와 책임이 있습니다. 그래서 공직에 취임하면 함부로 공직을 버릴 수도 없고 엄격한 책임과 높은 도덕성을 요구하는 것입니다. 공무원으로 임용되고 책임이라는 동안 준법과 청렴, 정직과 공평한 직무를 수행하다가 정년이 되면 그 자리를 후배에게 넘겨주고 자연인으로 돌아가 머슴이 아닌 주인으로 자기의 생활을 하게 된다. 그 보상으로 국가에서는 연금제도가 있어 퇴직 후 최소한의 문화생활을 하며 공직 근무를 보람으로 알고 그동안의 고달픔을 달랜다.

연산조 때 윤석보(尹石輔)라는 사람이 풍기군수로 혼자서 부임을 했는데 고향에 남은 아내는 가난한 살림을 견디기가 어려워 선대로부터 내려오던 몇 가지 물건을 팔아 채소라도 가꾸어 먹으려고 밭 한 뙈기를 매입했습니다. 이 말을 전해 들은 윤석보는 편지를 보내 아내를 책망했습니다. 옛말에 촌척(寸尺)의 땅이라도 넓히는 일로써 임금을 저버리지 않는다고 한 것은 국록 이외에는 탐을 내지 말라는 뜻이오. 이제 내가 관직에 올라 국록을 받으면서 전에 없었던 밭을 장만했다면 세상 사람이 나를 어떻게 생각하겠소? 조속히 그 밭을 돌려주도록 하시오.라고 아내에게 말했다고 합니다.

이조시대 정약용 선생은 '목민심서'에서 말했습니다. "청렴이란 공직자의 기본적 임무로서 모든 선과 덕의 근원이고 뿌리이다. 청렴하지 않으면 공직자의 일을 할 수 없다" 모든 현명한 공직자는 청렴함이 자신의 앞날에 이롭다는 것을 알기 때문에 청렴 생활을 한다는 것입니다.

최근 공직자 비위 사건이 끊이지 않고 발생하고 있어 국민들에게 큰 실망을 안겨주고 있습니다. 여러 명의 공직자가 공사 시공업체와 뇌물을 주고받은 혐의를 받고 있다는 기사가 가끔 들려오기도 했습니다. 국민들은 이를 보고 개탄하지 않을 수 없습니다. 공직자의 자세는 국민에게 헌신과 봉사의 길임을 명심해야 하지만 이런 사건이 일어나고 있음은 정말 가슴 아픈 일입니다. 우리나라의 부정부패 실태로서 고위공직자는 행정처분이나 규제 등의 형태로 기업들에 대한 강력한 지배력을 갖고 있으며, 정책 결정, 사업허가, 금융, 세제, 관련 법률이나 규정의 집행과 관련해 각종 인가 권, 승인권을 가지고 있어 부패와 관련될 개연성이 높습니다.

공직사회의 부패는 각 국가가 처해 있는 환경적 여건이나 국민의 가치관, 의식, 도덕적 규범, 그리고 사회적 지향 가치나 이념 등에 따라 각기 달리 규정 되어질 수 있는 매우 다의적인 개념입니다. 공직부패를 규정하는 범위에 따라 국가공무원법에 규정된 공무원의 의무를 일탈한 모든 행위로 보기도 하고, 공무원의 직무수행 과정에서 특정인에게 특혜를 베푼 대가로 금품을 수수하는 행위로 보기도 합니다.

한국은 지난 반세기 동안 성장 일변도 정책으로 인해 발전에 걸맞은 정신세계를 다질 시간과 여유가 없었습니다. 경제를 이끈 정치권, 관료, 재벌의 3각 트로이카 체제는 압축성장을 일구어냈으나 각종 특혜 시비와 정치 스캔들은 끊일 날이 없었고 성장의 단맛을 알아차린 국민들은 이를 눈감아 주면서 스스로 오염됐다고 봅니다.

중국의 포청천은 실존했던 인물로서 송나라의 포증(包拯)을 가리킵니다. 그는 일생을 청렴결백하게 살아서 백성들의 존경을 받았으며 백성들은 그를 푸른 하늘처럼 공평무사하다고 해 '포청천'이라고 불렀다고 합니다. 나는 포청천을 가장 존경하는 인물 중의 한 사람이라고 생각합니다.

우리는 늘 관행이라는 명분으로 사소한 부정부패를 아무 죄의식 없이 저지르지만, 이는 사회의 큰 죄악이 될 뿐만 아니라 공공의 적이 된다고 생각합니다. 사람을 망치는 것은 여러 가지 큰 원인이 있어서가 아니라 지나치게 사리사욕을 좇기 때문이라고 합니다. 사람이 사리사욕에 사로잡히면 굳센 기상도 꺾이고 명철하던 지혜도 흐려지고 결백하던 마음도 더러워지며, 남의 은혜를 모르고 냉혹하게 되어 고매한 인품도 훼손되고 만다고 합니다.

공직자는 돈이나 권력의 유혹에서도 꿋꿋하게 버틸 수 있는 소신이 있어야 합니다. 청렴하고 공정해야 하며 소통 능력을 갖춰야 하고 무엇보다도 국민에 대한 봉사가 가장 중요한 덕목이라고 봅니다. 능력도 중요하지만, 인성이나 전문성도 중요하고 도덕성을 지녀야 하며 과업을 이룰 수 있는 능력과 목표를 수행하는 방식과 태도도 올바르게 해야 합니다.

공직자는 헌신과 봉사의 길임을 명심하고 청렴과 공정성을 훼손하는 행동을 하지 말 것이며 스스로 한 점 부끄러움이 없는 검소한 생활로서 청렴 문화가 정착되기를 기대해 봅니다. 공직자는 공직에서 물러나서도 손가락질 아니 받고, 빈한해져서도 천대받지 않고, 죽은 뒤 욕먹지 않으려거든 높을수록 너그럽고 겸손해야지 않겠습니까!

김계홍 회장님을 추모하며

한 20여 일 전 병상에서 어렵게 전화 통화를 하였는데 몸 상태가 호전되고 있다는 소식을 듣고 머지않아서 다시 뵙게 될 수 있겠구나. 하고 안도를 했었는데 갑자기 부음을 접하니 놀라지 않을 수 없었습니다. 김 회장님은 그 봄날 무엇이 그리 급해서 영영 다시 못 올 길인 저세상으로 가시었습니까! 아무리 회자정리 한다지만 우리 문학회원들은 큰 기둥을 잃었습니다.

제가 회장님과 교분을 쌓게 된 것은 북제주군청으로 초임발령을 받고 가보니 재무과에서 차석으로 근무하고 있어서 교분을 맺게 되었습니다. 그 후 여러 가지 일이 있어 근무하는 과에도 들리고 모르는 게 있으면 지도도 잘 받으며 지냈습니다. 김 회장님은 그 후 북제주군수와 제주시 부시장을 역임하시고 퇴직하셨습니다.

회장님은 어렸을 때 많은 어려움이 있었으나 현명하게 잘 극복하시고 공부도 잘하였으며 공직에 입문하고 청렴결백하게 공사 생활을 하시었으며 모범적인 가정도 이루시었습니다. 퇴직 후에는 모 언론사에서 논설위원으로 글도 쓰시며 수필가로 등단하셨고 마지막으로는 몸이 괴로움에도 불구하고 제주수필문학회장을 맡아서 임기를 홀

룽하게 잘 마무리하시고 얼마 안 되어서 돌아가시었습니다.

김 회장님은 자라온 환경이 어려웠던 나를 알고부터 현직에 있을 때 도와주지 못한 것에 대하여 미안하다고 여러 번 나에게 말을 했습니다. 그동안 수차례를 만나서 시간을 같이 보냈으나 매우 깔끔하시었고 상대에게 무슨 일이든 부담되지 않게 처리하시는 성격이었습니다. 회장님은 후덕하시어서 후배들과 대화를 하는데도 흉허물없이 농담도 잘하며 너무 부드럽고 친근한 성격이었습니다.

이 세상에 수많은 사람이 살고 있지만, 생로병사의 통과의례에서 벗어날 수 없음을 볼 때 이 세상에 영원한 것은 아무것도 없습니다. 죽음은 모든 생명체가 거쳐야 하는 마지막 단계로 그 누구도 예외가 없는 것입니다. 생자필멸 화무십일홍이라, 살아있는 것은 반드시 죽을 것이고 아름다운 꽃도 시들어 떨어집니다. 불교에서는 사계절이 순환하고 인간의 생로병사가 돌고 도는 윤회의 법칙은 만고의 진리라고 했습니다. 인간은 자연의 윤회에서 벗어나지 못합니다. 사람들의 오만과 탐욕, 아집과 이기로 세상을 더럽게 하고 명예와 부를 가지려고 혈안이 되는 것을 봅니다. 사람에게 부여된 생명, 명예, 재화 그리고 행복한 생활도 한순간에 지나지 않는 것입니다. 서산대사는 삶이란 한 조각 구름이 일어남이요. 죽음이란 한 조각 구름이 스러짐이라고 했습니다. 인생은 바람처럼 구름처럼 실체가 없는 신기루 같은 것으로 생각해봅니다.

일을 다 하고 죽은 무덤 없다는 말이 있다지만 사람은 죽어서야만 비로소 일을 멈추게 된다는 의미일 것입니다. 김 회장님은 한 많은 이 세상을 살아가면서 제주시립희망원에서 좋은 일도 많이 하며 자랑스럽게 살았습니다. 돌아가실 때까지 사회복지 제주 공생법인 제주시립 희망원의 이사장을 맡아서 몸이 괴로웠음에도 불구하고 불우이웃을 위해서 좋은 일을 많이 하며 맡은 직무를 열심히 수행하시었습니다.

코로나19가 전 세계를 휩쓸고 있어 사람들이 자유롭지 못해서인지 병원에 전화하니 코로나19로 인하여 면회도 하기 어렵다면서 오지 말라고 하시었는데 그 후 20여 일 후에 돌아가시었습니다. 사랑하는 가족들을 남겨두시고 영원한 안식처로 돌아가시고 말았습니다.

죽음은 멀리 있는 줄 알았는데 바로 한 발자국 앞이었군요. 들여마신 숨을 내쉬지 못하면 그게 죽음입니다. 사람의 목숨이 이렇게 허망한 것인가 하고 생각하니 인생무상이라 아니할 수 없습니다. 죽음이란 들숨과 날숨 사이에 있다는 것을 알지만 회장님의 느닷없는 비보는 허망하고 또 허망하며 그저 기가 막힐 따름입니다. 호랑이는 죽으면 가죽을 남기고 사람은 죽으면 이름을 남긴다고 합니다. 회장님은 이제 이승의 생애에서 한 매듭을 짓고 이 세상을 떠나셨지만, 회장님께서 남긴 영혼의 향기는 우리 가슴속에 영원히 꺼지지 않는 등불이 될 것입니다.

존경하는 회장님! 생전의 고통과 걱정은 모두 다 접어두시고 죽음도 없고 아픔도 없는 곳인 천상에서 길이 편안하시고 천복을 누리소서.

꿈길을 걷듯 유럽을 가다

    사람이 이 세상을 살아가면서 여행은 가장 멋있는 취미라고 한다. 반 컵의 물은 반이 빈 것으로 보이기도 하지만 반이 찬 듯 보이기도 한다. 비었다고 울든지 찼다고 웃든지 그건 자신의 자유이다. 다만 세상은 내가 보는 것만이 존재하고 또 보는 대로 있다는 사실만은 분명하다. 세상은 내가 느끼는 것만이 보이고 또 보이는 것만이 존재한다. 우린 너무나 많은 것들을 그냥 지나치며 살고 있다.

    그런데 현실적으로 이렇게 일상에서 벗어나 길을 나서는 행위가 누구에게나 쉬운 일은 아니다. 우리는 어떤 목적을 가지고 준비한 여행을 시작하고 그 어떤 목적을 수행한 뒤 그것을 기록으로 남기는 것도 또한 쉽지는 않을 것이다. 우리는 일상적인 공간을 떠나 다른 공간으로 이동하려고 할 뿐만 아니라 가깝든 멀든 그렇게 하며 살아가고 있지만, 그것에 수반되는 다양한 과정에 주목하지 못함으로써 실제로는 늘 여행을 완수하지 못하고 있다.

    그러나 인생 자체가 기나긴 여행이다. 우리는 모두 나그네인지도 모른다. 인간이란 이 세상에 왔다가 잠시 머물고 가는 여행객이라는 생각이다. 그런데 여행은 또 다른 인생의 활력소가 되고 나를 되돌아보는 계기가 되며 우리의 삶을 더욱 풍요롭게 한다. 이제 모든 것 잠시 접어두고 저 넓은 세상으로 떠나 보는 것은 어떨까!

여행을 떠나면 모르는 것이 많으니 주위 사람들에게 물어볼 수밖에 없다. 여행에서 나는 자연스럽게 겸손한 자세로 세상을 만나니 그 이전에 느끼지 못했던 의미를 찾게 되는 것이다. 흔히 여행은 다리 떨릴 때 가는 것이 아니고 가슴 떨릴 때 가는 것이라고 한다. 우리가 건강을 잃어버리면 여행을 할 수 없기 때문이다. 지난 몇 년 전에 그렇게도 꿈에 그리던 유럽 여행을 할 기회를 접하게 되었다. 그래서 여권 등 여러 가지 준비를 하고 드디어 유럽 여행길에 용감하게 나서게 되었다.

인천국제공항을 거쳐서 서유럽 프랑스 수도 파리 공항에 도착하였다. 열 시간 이상을 비행한 탓으로 피곤하다. 그런데 크지는 않았지만 어디가 어딘지 구분할 수도 없었고 읽을 수도 없는 표지판에 뭐가 뭔지 알 수가 없었다. 파리는 학문, 예술 등이 활성화된 곳으로 이곳의 최신 유행의 복식, 미술, 문학, 지식인 사회는 선망의 대상이 되고 있다. 파리는 무척 깨끗할 거로 생각했으나 파리는 정말 깨끗하지 않았고 지하철역에는 여기저기서 지저분한 분위기가 연출되고 있었다.

파리시에서는 먼저 에펠탑으로 갔다. 1889년 파리의 만국박람회장에 세워졌으며 높이는 약 300m라고 한다. 탑은 설계자 에펠의 이름을 따서 명명되었다. 제2차 대전 후 TV 안테나가 설치되어 송신탑으로도 사용되고 있다. 에펠탑은 프랑스 혁명 100주년을 기념하여 열린 만국박람회를 상징하기 위하여 세운 철로 된 탑이다. 그래서 에펠탑은 명실상부한 파리시의 상징물이다.

　다음은 개선문으로 갔다. 파리 시내 드골광장 중앙에 서 있는 개선문은 에펠탑과 함께 파리를 상징하는 대표적 명소이다. 개선문의 높이는 약 50m이다. 개선문은 나폴레옹 1세의 명령으로 건립되었다. 개선문 옥상에는 전망대가 있다. 전망대 아래층에는 개선문에서 행해진 일에 관한 자료를 관람할 수 있었다.

　다음은 루브르박물관이다. 세계 3대 박물관 중의 하나로 그 소장 작품은 약 40만 점이다. 루브르의 역사는 프랑수아 1세 때 다빈치의 모나리자를 비롯해 이탈리아 거장들의 작품을 보관하면서 시작되었다. 나폴레옹 시절에는 패전국으로부터 약탈해 온 작품들로 채워서 그 당시 루브르는 세계 제1의 미술관이었다.

　다음은 샹젤리제 거리이다. 개선문에서 콩코드광장까지의 거리이며 세계에서 가장 아름다운 거리라고 자부하는 최대 번화가이다.

그리스 신화에서 낙원이라는 의미의 엘리제를 따서 샹젤리제라고 불리게 되었다. 샹젤리제 거리는 항상 관광객으로 북적이며 시민들도 이곳을 많이 찾는다. 파리 패션의 메카답게 명품 브랜드의 본사와 백화점이 들어서 있다. 전 세계 여성들이 동경하는 명품 판매장이 모여 있는 거리로 쇼핑의 명소가 되었다.

다음에는 스위스의 융프라우요흐로 갔다. 알프스의 초원 만년설을 머리에 얹은 봉우리들과 경이로운 대자연의 세계를 기차로 편리하게 여행할 수 있다. 스위스에 있는 산봉우리는 4,158m로 우뚝 솟아 있었다. 유럽의 가장 높은 철도 중 하나인 융프라우철도는 고갯길인 융프라우요크까지 길이가 약 7km 되는 터널을 통과한다. 산악열차를 타고 융프라우로 인터라겐 빌더스빌역을 출발한 기차는 유럽에서 가장 높은 융프라우요흐역 3,454m에 도착하게 된다. 이곳에 있는 움직이는 동굴 얼음 궁전은 2014. 11. 2일에 관람하였다. 융프라우요흐는 처녀를 뜻하는 융프라우와 봉우리를 뜻하는 요흐의 합성어이다.

다음에는 이탈리아 수도 로마 시내에 있는 바티칸시 시티를 찾았다. 바티칸시는 바티칸시국으로 독립국가이다. 이곳에서 아내에게 추억에 남을 사랑의 엽서를 한 장 띄웠다. 전 세계의 8억이 넘는 가톨릭 신자들의 정신적인 고향으로 오래전부터 지금의 위치에 있다. 이후 콘스탄티누스 대제가 그리스도교를 공인 하면서 324년 베드로의 무덤 위에 성베드로 성당을 건설한 것이 바티칸시국의 뿌리가 되었다. 성베드로대성당이 들어선 이후 지금까지 바티칸시국은 가톨릭의 중심지가 되었다.

바티칸궁전은 일부를 제외하고 모두 박물관으로 사용되고 있다. 본 박물관은 루브르박물관과 대영박물관과 함께 세계 3대 박물관으로 꼽히는 곳이다. 바티칸 박물관에는 미켈란젤로, 라파엘로, 레오나르도 다빈치 같은 르네상스 최고 작가들의 작품으로 가득하다. 본 박물관은 그 자체가 거대한 예술품이라는 사실이다.

지난 2014. 8. 14일에 프란치스코 교황이 교황으로는 25년 만에 한국을 방문했다. 그는 낮은 자세로 특권을 내려놓고 신도를 대하는 자애롭고 인자한 모습에서 존경심을 느꼈다. 차분하고 정감 넘치는 언어 구사는 사람들의 심금을 울렸다. 근면과 검소를 몸소 실천하고 아이들과 장애인들의 얼굴에 입 맞추는 발걸음이 많았다. 다가오는 이들에게 살갑게 대하여 미소를 잃지 않았다. 의미 깊고 가치가 있는 한국 방문이었다고 생각된다.

다음에는 로마에 있는 콜로세움이라는 투기장으로 갔다. 높이가

188m로 4층인데 티투스 황제 때에 완성되었으며 내부는 5만여 명을 수용하는 계단식 관람대가 설치되었다. 이 위대한 원형경기장은 중세시대 이후 콜로세움으로 불리게 되었다. 그리스도교 박해 시에는 신도들을 학살하는 장소로도 이용되었다. 고대 로마 시민들에게 경기장은 경기를 보며 일체감을 느끼고 즐기는 하나의 공공 오락 시설이었다.

다음에는 베스비오 화산의 폭발로 도시와 2만여 명의 주민이 화산재에 파묻히는 비극적 운명을 맞이한 비운의 도시 폼페이로 갔다. 전성기를 구가하고 있었던 폼페이는 로마제국의 어느 도시보다 아름다운 자연경관과 위락시설로 귀족들 사이에서 인기 있는 도시로 농업과 상업도 발달해 있었다. BC 79년 신의 분노라고밖에는 표현할 수 없는 베스비오 화산의 폭발로 화산재 속에 묻히고 말았다.

화산재가 무려 1m 가까이 쌓였고 나폴리의 하늘을 검게 뒤덮었다. 계속해서 내린 비로 인해 분출한 화산재와 용암이 응결하면서 거리가 마치 찌는 솥과 같은 형상이 되어 도시는 그대로 매몰되었다. 그리하여 1500년 동안 역사의 저편으로 사라졌었다. 폼페이 유적 발굴을 통해 드러난 목욕탕, 경기장, 음식점 등 각종 시설은 2000년이라는 시간을 고려한다면 현대의 그것과 비교해 떨어진다고 말할 수 없을 정도로 훌륭하였다. 지금은 유네스코에서 세계문화유산으로 지정해 보호받고 있다.

다음은 마지막으로 118개의 섬들이 다리로 이어져 있는 수상 도시로 물의 도시라고 부르는 베네치아로 갔다. 영어로는 베니스라고 하고 섬과 섬 사이의 수로가 중요한 교통로가 되어 독특한 시가지를 이루고 있다. S자형의 대운하가 시가지 중앙을 관통하고 있다. 물의 도시 베니스에서는 바다를 수상 택시로 쌩쌩 누비는 특별한 경험도 해볼 수 있으며 여러 가지를 체험할 수 있어 즐거웠다. 베네치아는 밀물 때와 비가 많이 내릴 때는 장화를 신고 다니는데 물이 이 이상 수위가 오르면 도시가 물에 잠길 수도 있다고 한다. 베네치아는 이탈리아의 로마, 피렌체와 더불어 중요한 관광지라고 한다.

이렇게 해서 꿈길을 걷듯 서유럽 관광을 모두 마치고 독일에 있는 프랑크푸르트 공항으로 이동하였다. 프랑크푸르트 공항은 국제공항으로서 이곳에 내린 여행객들은 우선 여객청사의 큰 규모에 놀라지 않을 수 없었다. 공항의 활주로 길이가 4,000m×60m로 3개이고 항공기 수용 능력은 92대가 동시 머물 수 있다. 주차장은 36,470대가 동시 주차할 수 있으며 연간 6,000만 명 이상의 여행객이 이용할 수 있는 유럽의 대표 공항이라고 한다. 어떻든 이렇게 10일간의 여행을 다 마쳤으며 공항에서 귀국하는 절차를 끝내고 무사히 인천국제공항을 거쳐서 제주공항에 도착하였다. 한마디로 유럽 여행은 평생 딱 한 번은 다녀와야겠다는 생각을 하게 되었다.

나주지역 목관아 및 고분전시관을 가다

  초겨울 겨울비가 부슬부슬 내리는 어느 날 전남 나주시의 목관아 지역과 나주시 다시면 복암리에 위치한 복암리 고분전시관을 관광할 생각으로 광주행 비행기를 탔다. 고려 성종 때인 998년 나주는 나주목이 되었다. 1896년 전남도청이 광주에 설치될 때까지 오랫동안 전남 지역의 중심 도시였다. 나주목 관아에는 중심 공간이었던 나주목 객사인 금성관이 있다. 객사는 고려, 조선시대에 각 고을에 설치했는데 관찰사가 구역을 순행할 때 업무를 처리하였으며 중앙의 관리가 지방에 오면 머물던 곳이다. 나주 금성관은 1479년에 나주목사 이유인이 세웠다고 한다. 정면 5칸 측면 4칸 팔각지붕의 97평 건물로 전국의 객사 중 그 규모가 가장 크다고 한다. 지금 현재의 금성관은 1976년에 완전 해체해서 복원하였다. 과거 우물이 있던 자리도 복원하였다. 본 금성관은 나주목의 객사정청으로 정치를 행하는 관청이다. 고려 현종 2년에 거란이 침입을 받아 왕은 개경을 떠나 남쪽으로 피신하던 중 나주에서 10여 일 동안을 머물렀다고 한다.

  다음에는 나주목사 내아가 있다. 조선시대 나주목에 파견된 지방

관리인 목사의 살림집으로 건물은 금학헌이라 한다. 언제 지었는지는 기록이 없어 알 수 없고 다만 대문 옆에 있는 문간채는 고종 (1892년) 때에 만든 것으로 보아 살림집 역시 19세기에 지은 건물로 추정한다. 조선시대 20개 목 가운데 아직까지 내아가 남아 있는 곳은 유일하며 객사인 금성관과 함께 관아건축물이 원형을 유지하고 있다는 점에서 중요한 의미가 있다. 현재 본체와 문간채만 남아 있고 지붕은 옆면에서 볼 때 여덟 팔자 모양인 팔각지붕으로 꾸며졌다. 일제 강점기 이후 군수의 살림집으로 사용하면서 원래의 모습이 많이 퇴락해버린 상태이다. 나주목사 내아는 궐패와 전패를 모셔놓고 초하루와 보름에 궁궐을 향해 절을 올리던 객사와 함께 오늘날까지 남아 있어 관아 건축의 원래 모습을 연구하는 데 귀중한 자료가 되고 있다. 나주는 비교적 조선시대의 관아건물이 많이 남아 있어 문화유적 답사지로 적합하다. 본 나주시에는 케슬린 스티븐스 주한 미국 대사가 방문 목사내아 금학헌에서 숙박 체험을 했다. 스티븐스 대사는 목사내아 역사와 온돌을 비롯한 한옥 문화에 깊은 관심을 표명했다고 한다.

나주시는 앞으로 나주 목관아 복원종합정비 계획을 수립해 역사와 문화원형에 대한 역사 읽기를 통해서 나주의 정체성을 정립하고 이러한 특 장점을 살리는 방향으로 역사문화 도시를 조성할 계획이라고 한다.

목관아 지역을 보고 나서 복암리 고분전시관으로 이동하였다. 고분군이 위치는 신걸산 줄기를 이은 거마산 자락에 위치한 사랑골의 바로 서쪽이다. 복암리 고분군은 현재 4기만 남아 있으며

1996년 7월부터 1998년 9월까지 발굴 조사를 진행했었다. 1, 2호분은 기초 조사가 실시되었고 3호분은 전면적으로 발굴 조사되었다. 3호분에는 대형석실묘가 확인되어 발굴 조사의 계기가 되었다고 한다. 전면적인 발굴 조사에는 돌방, 돌덧널무덤, 옹관묘, 널무덤 등 7가지 형태의 묘제가 확인되었다. 본 복암리 고분전시관은 총 97억 원의 사업비로 대형옹관, 토기, 장신구 등 독특한 전시관으로 오랫동안 잠들었던 옛 문화를 조명하게 되었다. 복암리 3호분의 모형을 중심으로 전시해서 마한 문화를 새롭게 조명하는 계기가 되었다. 전시관은 복암리 고분과 400m 정도 떨어진 거리에 부지 4만 2,200 평방미터 건축면적 4,030 평방미터 지상 2층 규모로 건립되었으며 주요시설은 전시실, 영상체험실, 카페, 야외공원, 대형주차 시설 등을 갖추고 있다.

전시관에는 고분군에서 발굴된 옹관묘, 횡형식 석실묘 등 다양한 묘제를 완벽하게 재현한 전시체험 공간으로 꾸며져 있는데 전시물 가운데 3.28m 크기의 대형옹관은 우리나라에서 가장 규모가 큰 것이라 한다. 전시관 내부에는 영상실을 설치해 마한 역사를 영상으로 살펴볼 수 있으며 모형분구 주변으로 다시면 일대와 나주 일원에서 출토된 대형옹관, 토기, 장신구 등은 물론이고 영동리 고분군에서 출토된 마한 사람의 인골도 전시되었다. 현제 4개의 분구만 있으나 최소 7개의 분구 이상의 고분군으로 확인되며 발굴 조사 결과 총 41개의 묘제에서 각종 토기 등 799점의 유물이 출토되었으며 전시관을 전시 공간으로만 국한 시키지 않고 역사 북 카페와 옹관묘에서의 임종 체험 등을 실시해 교육공간으로 활용되고 있었다.

전시관에는 개관을 계기로 오랫동안 잠들었던 마한 문화를 새롭게 조명하고 우리나라의 고대사를 다양한 관점에서 검토해 찬란했던 선조들의 마한 문화가 제대로 대접받고 국민역사 교육장으로 활용되길 바라고 싶은 마음이다.

한편 1990년대 발굴된 3호분 고분군은 국내에서 유일하게 수십 개의 다양한 묘들이 한 봉분에 조성돼 있는 아파트형 고분으로 발굴 도중 중요성을 인정받아 국가 사적으로 지정되었다. 고분 중 제일 큰 3호분은 도굴을 면해 금동신발과 은제장식, 환두대도 등의 유물이 나왔다. 복암리 3호분에는 다양한 모양의 무덤과 피장자와 관련된 물건들이 함께 어우러져 있으며 특히 도굴을 당하지 않아서 옹관과 석곽, 금귀고리 등 고고학적 가치가 큰 유물들이 출토되어 시대적인 중요한 고고학적 단서가 되고 있다. 전시관 옥상 테라스에서는 멀리 복암리 고분과 마을이 내려다보인다.

나주시 복암리 고분전시관의 전시실은 3호분을 1대1 원형모습 그대로 재현해 놓고 있으며 고분이 전시장 전체를 차지하고 있다. 전시관의 1, 2층으로 구성된 고분 내부에는 7종류의 무덤 양식이 복원되어 있다. 전시관의 고분 주변에는 복암리 고분발굴의 과정을 한눈에 볼 수 있는 유물과 옹관묘 등 다양한 묘제를 완벽하게 재현해 놓고 있으며 전시체험공간으로 꾸며져 있다. 본 전시관은 동신대학교 산학협력단에서 2018년 말까지 3년 동안 위탁운영 하고 있다. 앞으로 나주시에서는 고고학의 대중적 교육을 실현하는 공간, 지역주민들의 문화향유 공간, 사회교육 공간 등으로 폭넓게 활용되어야 하리라고 생각해 본다. 최근 나주시는 2016년도 전남관광

대상 우수상을 수상한 데 이어서 문화체육관광부의 대한민국 테마 여행 10선에 선정되어 전남을 대표하는 훌륭한 관광지로 거듭나고 있다.

내 아내의 고달픈 삶

내 아내는 여러 가지로 배움이 부족한 내게 시집와서 살아온 지가 어느덧 49주년이 되었다. 말단 공무원에게 시집와서 박봉으로 넷이나 되는 자식을 낳아 키우랴, 시아버님 모시고 병 수발하랴, 집안 대소사를 꾸려가랴 가정생활이 어려워서 남의 과수원이나 밭에서 감귤 따기부터 밭농사 일까지 어렵고 힘든 일을 하면서도 힘들고 괴롭다는 내색도 하지 않았다. 평생을 가정만을 위하여 고생만 한 아내에게 고맙고 미안하다는 말 제대로 한 적이 한 번도 없다.

아내의 이마와 눈가에 주름이 늘어가는 것을 보면서 내 마음은 한없이 아프다. 많은 아픔이 있어도 참아주었고 슬픔이 있어도 눈물 흘리지 않았다. 아내는 시집와서 고달프고 힘든 삶이었지만 내가 힘들어할까 봐 그 많은 세월을 두 손에 물마를 날 없이 심호흡 한번 할 여유도 없이 정신없이 모질게 살아왔다. 그동안 우리 가정이 어려운 살림이지만 화목하고 행복하게 지낼 수 있었던 것은 그 많은 어려움을 현명하게 극복하며 짜증 한 번 내는 일 없이 나를 믿고 살아준 아내의 노고가 있었기에 가능했다.

돌아보니 아내의 삶은 눈물뿐이었으며 처녀 시절 휘늘어진 머리와 아름답고 매혹적인 미소는 간 곳이 없다. 아내.라고 세월이 비켜 갈 리 없는 일이다.

아내가 없었다면 내가 어떻게 살아왔을까 하는 생각이 든다. 아내가 없었다면 나의 삶도 없었을 것이다. 오늘을 있게 해준 사람은 내가 아닌 아내였다. 오늘 내가 웃을 수 있는 것도 오로지 아내 덕분이다. 그런 아내에게 난 무엇일까, 아내에게 어떤 사람이었을까, 생각해 보니 고생시킨 일밖에 없다. 모든 일을 묵묵히 나만 바라보고 따라준 아내에게 할 말이 없다. 지금 와서 돌아보니 아내는 내가 살아갈 수 있는 힘이었으며 내가 살아온 세상은 나를 만들어준 아내의 힘이었다.

혼자 이 세상을 살아가는 줄 알고 착각 속에 빠져 아내를 잊어버릴 뻔했는데 아내의 소중함을 생각하면서 살아갈 수 있는 미래의 남은 세월이 있어 얼마나 다행인지 모른다. 아파도 원망 한 번 하지 않고 살아온 아내의 가슴은 새까만 재가 되었을 것이다. 같이 사는 이유만으로 자신을 잊어버린 아내에게 참회의 글을 적는다. "이 세상에 없어서는 안 될 당신! 당신 없는 삶은 생각할 수조차 없어요. 그동안 너무 많은 짐만 지워준 이 못난 남편을 용서해 주시구려" 지금 와서 생각해 보면 고마운 마음과 미안한 마음에 고개가 숙여진다.

그러나 내 마음속엔 언젠가는 꼭 한번 멋지게 황혼 여행에 초대하겠다는 꿈을 갖고 있다. 하지만 이게 다 무슨 소용인가, 이미 자신을 희생만 하였는데 나 혼자 뭣도 모르고 살아온 세월을 어찌해야 한단 말인가, 눈물로 용서를 구한다고 아내의 고생한 세월이 회복될 수 있을까, 새까맣게 멍들어버린 아내의 가슴이 풀어질 수 있을까, 혹시라도 아내가 삶이 힘들어서 떠나가지는 않을까 하고 고민이 된다.

나의 삶이 아내라는 사실을 망각하지는 않았는가! 내 곁을 떠나가지는 않을까 하는 두려운 생각이 드는 아침이다. 내 진실한 마음은 사랑이 없어서도 아니었는데 평생을 아파하며 살아왔을 아내에게 무엇으로 남은 인생을 보상할까! 아내는 이 세상에 하나밖에 없는 사랑하는 소중한 사람이다. 아내의 이해와 아량이 없었다면 집안에는 냉기가 돌 것이다.

'사랑한다' '보고 싶다' '고맙다' '미안하다'. 라는 말 정말 좋은 말이다. 앞으로 이런 말을 많이 하면서 살아야겠다. 평생 삶에 지친 고달픈 내 아내에게.

내 아우님을 추모하며

가을날 나뭇잎이 노랗게 물들어 갈 무렵의 10월 초순 추적추적 비가 내리고 있었습니다. 해남군 당산리 태인마을의 슬픈 소식이 이천시 효양산 숲을 돌아 대전시 중구 뿌리공원을 거쳐서 멀리 한라산까지 메아리로 울리고 있었습니다. 그것은 제주 利川徐 가문의 아들 전 중앙고 교감 홍선 아우님이 우리 곁을 떠났다는 비통한 부음이었습니다.

무더웠던 여름을 견디고 병마와 싸우면서도 우리 조상님의 영전에 처음이고 마지막인 참배를 모두 마치고 경건한 마음으로 돌아오는 차 안에서 갑자기 정신을 잃고서 쓰러지셨습니다. 어찌하오리까! 앞이 캄캄한 이 비통함이여! 인생 2막을 다 펼쳐 보지도 못했는데 무엇이 그리 급해서 저세상으로 가시었습니까! 아무리 회자정리라 한다지만 피우신 꽃송이를 내려놓고 가시다니…… 人長之德이라 우리 가족들은 큰 기둥을 잃었습니다. 항상 우리 곁에서 쾌활한 모습으로 격려와 칭찬과 사랑으로 조카들을 다독이시던 그 모습이 눈에 선합니다. 정신이 온전치 못한 제수씨 때문에 많은 고통과 스트레스로 인하여 가슴에 큰 아픔을 안고 그 기나긴 세월을 어찌 참으면서 지내셨습니까!

아우님은 평소에도 어디를 가든지 누구에게나 기죽지 않았고 당당하게 살아왔지요. 집안에서 여러 가지 가사 문제로 많은 괴로움이 있었지만 추하지도 않았고 위축되지도 않았으며 늘 당당하게 지내었지요. 아우님이 없는 이 세상을 이 부족한 형이 어찌 혼자 살아야 할지 앞이 캄캄합니다. 아우님의 사망 소식에 많은 친지 분들이 깊은 슬픔에 잠겼습니다. 아우님의 타게는 70대 초반의 나이여서 더 큰 안타까움을 자아냅니다. 사망 원인이 고혈압과 심장인 것으로 나타나서 그 충격의 강도는 더욱 컸다고 봅니다. 고등학교 교사로 명예퇴직을 한 아우님은 영리하고 모든 일에 순발력 있게 대처하는 지혜를 타고났음을 우리는 잘 압니다. 돌아오는 차 안에서 갑자기 쓰러져서 참변을 당하는 일……. 동행한 우리 문중회장을 위시한 많은 친척들과 119구급대의 노력과 염원에도 불구하고 이를 끝내 저버리시고 결국은 눈을 감고 말았습니다.

이 세상에 우리는 단 형제뿐이었습니다. 집안이 넉넉지 못하여 남과 같이 정상적으로 배우지도 못하였지만, 우리 형제는 머리가 좀 영리하여 남들이 하는 말과 행동을 이해하고 판단할 수는 있었습니다. 형인 내가 공부를 제대로 못 하였지만, 아우만은 잘 배울 수 있도록 해야겠다는 마음을 가지고 살았습니다. 그래도 어려웠지만, 아우는 늦게나마 대학까지 졸업하여 교직에 발령되었고 교단에 서게 되었습니다. 나는 일반 행정기관의 말단 공무원이었지만 아우가 교사가 된 것이 정말 자랑스러웠으며 지금도 나는 그런 마음으로 살고 있습니다. 똑똑한 내 아우의 배경으로 이 형은 기죽지 않고 이 세상을 살아왔는데 아우의 사망은 하늘이 무너지는 아픔이었습니다. 세상에 수많은 별이 있지만, 생로병사의 통과의례에서 벗어나지 못함을 볼 때 이 세상에 영원한 것은 없습니다.

생자필멸 화무십일홍이라 살아 있는 것은 반드시 죽을 것이고 아름다운 꽃도 시들어 떨어집니다. 사람들이 오만과 탐욕, 아집과 이기로 세상을 더럽게 하고 명예와 부를 가지려고 혈안이 되는 걸 봅니다. 사람에게 부여된 생명, 명예, 재화 그리고 행복한 생활도 한순간에 지나지 않는다고 하였습니다. 서산대사는 삶이란 한 조각 구름이 일어남이요. 죽음이란 한 조각 구름이 스러짐(死也 一片浮雲滅)이라고 했습니다. 인생은 바람처럼 구름처럼 실체가 없는 신기루 같은 것인가 봅니다.

내 아우님은 한 많은 이 세상을 좋은 일도 많이 하며 자랑스럽게 살았습니다. 한마디의 말도 없이 평안한 세상으로 떠나가신 사랑하는 아우님! 사랑하는 가족들을 남겨둔 채 영원한 안식처로 가시었군요! 죽음은 멀리 있는 줄 알았는데 바로 한 발자국 앞이었군요. 들이마신 숨을 내쉬지 못하면 그게 죽음입니다. 사람의 목숨이 이렇게 허망한 것인가 하고 생각하니 인생무상이라 아니할 수 없습니다. 퇴임 후 여러 곳에서 그 많은 시간의 봉사활동을 하면서 많은 훌륭한 분들과 교우하며 친교를 맺고 살아왔다는 것을 보고 정말 장하고 훌륭하다고 생각하며 놀라지 않을 수가 없었습니다.

제주시 자원봉사센터에 가보면 복도에 그 자랑스러운 이름이 올라 있음(봉사활동 5,852시간)을 많은 제주시 자원봉사단 회원들이 보고 있음이라…… 내 사랑하는 아우님! 이제 깊고 긴 인연의 숨소리만 가슴에 담고 아우님을 불러봅니다. 사랑하는 내 아우님의 언저리에서 아우님의 훈훈한 좋은 향기를 맡으며 '보고 싶고 그립습니다'라는 짧은 절규로 가슴에 맺힌 눈물을 삼킵니다. 남아 있는 우리 가족들은 삼가 아우님의 명복을 빕니다.

사랑하는 아우님! 생전의 고통과 걱정은 모두 다 접어두시고 죽음도 없고 아픔도 없는 곳인 천상에서 길이 편안하시고 천복을 누리소서.

노년기의 걷기는
가장 기본적인 생체운동이다

　사람들은 누구나 퇴직 후에 제2의 인생은 있게 마련이다. 흔히들 '앙코르 인생'이라고 한다. 퇴직 후 생을 마감할 때까지는 8만여 시간이 있다고 하니 얼마나 긴 세월인가? 누구든 퇴직해서 보통 30여 년을 보내다가 저세상으로 가는 것이 우리들 인생이라고 할 것이다. 세상 사람들은 나이가 들면서 다가올 노년을 걱정하게 된다. 건강하고 우아하게 늙고 싶은 것이 한결같은 희망이다. 몇 년을 더 살 것인지 생각하지 말고 내가 여전히 일을 더 할 수 있을지를 생각해 보아라. 지금 무엇인가 할 일이 있다는 것이 그것이 곧 삶이 아닐까 한다. 노년을 흉하게 늙도록 만드는 독약이 있다. 불평, 의심, 절망, 경쟁, 공포라고 한다. 반대로 사람을 우아하게 늙도록 만드는 묘한 약이 있다. 사랑, 여유, 용서, 아량, 부드러움이라고 한다. 인생에는 연장전이 없다. 하루하루가 처음이고 끝이다. 오늘 내가 최선을 다해야 하는 이유가 여기에 있다.

　이제 얼마 남지 않은 종착역을 앞두고 독약도 피해야겠고 묘약도 챙겨야겠지만 무엇보다 더 중요한 건 건강이다. 하루의 햇빛 중에서 가장 아름다울 때는 저녁노을이다. 아름다운 황혼 인생을 위하여 남은 여정을 슬기롭게 살아가야 한다. 저 태양이 수평선 아래로 사라지더라도 태양이 낮 동안 내려준 햇빛을 누가 아니라고 말할 수 있을까? 황혼 길에 접어든 인간사 역시 어느 하나 소중하지 않은 것이 없다고 할 것이다. 하루해가 저물어 갈 때 오히려 서해 낙조가 아름답고 한 해가 저물어 갈 즈음에야 제주의 감귤은 더 잘 익어 더욱 향기롭다고 한다. 이처럼 사람도 인생의 황혼기에 더욱 정신을 가다듬어 멋진 삶으로 마무리해야 한다.

　사람이 세상을 살아가는 동안에 진정한 성공의 삶은 하나는 공덕이요. 다음은 사심 없는 오직 청정한 생각일 것이다. 노년기를 살아가면서 부드러운 이미지로 가족과 동료들을 대하는 것 그런 사람이 있다면 진정한 사랑을 보여주는 삶이고 사회에 대한 책임을 다하는 것이다. 우리들은 누군가에 의해 평가되고 판단되어 진다. 우리는 수많은 사람들을 만나고 대하면서 그들로부터 자신의 가치를 평가받는다고 생각한다.

　남은 생명 무엇으로 버틸까? 노년기에 무엇이 가장 중요한지 알겠나? 묻는다면 그것은 건강하게 살다가 잘 죽는 것(well dying)일 것이다. 친구들이 하나둘씩 세상을 떠나면서 내 자신의 죽음이 그림자가 어른거림을 부인할 수가 없다. 내 이웃은 점점 없어지고 내 친구도 사라지고 있으니 삶 자체가 허무해지는 것이 노년이다. 아무리 가는 세월 잡으려 해도 모래알처럼 손가락 사이로 빠져나가는 것이 세월이다. 세월이 흐르면서 비천한 몸이 되어 감은 물론이다. 죽음의 공포는 누구나 다 있는 법이다.

정신의학자 알프레드 아들러의 '생로병사 심리학'에서 말하는 '늙어갈 용기'가 필요한 때이다. 그것은 무엇보다 건강한 삶이다. 노년기 건강을 지키는 최고의 무기는 걷기이다. 걷기는 시간과 공간의 제한을 받지 않고 자유롭게 걸을 수 있고 효과적인 운동이라 할 것이다. 건강한 노년을 위하여 걷는 것이 좋다는 것은 누구나 알고 있다. 이때 바른 자제로 걸어야 효과를 볼 수 있다. 상체는 바르게 세우고 배에 힘을 주고 시선은 정면을 향한다. 팔은 앞뒤로 자연스럽게 움직인다. 걷는 것은 나 혼자의 운동이다. 나이가 들어 걷지 못하면 끝장이고 비참한 인생 종말을 맞게 된다. 걷지 않으면 모든 것을 잃어버린다. 다리가 무너지면 건강이 무너지기에 걷는 것은 생명 유지 능력의 마지막 기능이다.

　우리는 지금 100세 시대에 살고 있기에 이에 대한 대비가 필요하다는 것이다. 한국인의 기대수명은 OECD 국가 중에서 가장 오래 살아가는 고령사회에 접어들었다. 그렇다면 오늘부터 어떻게 살 것인가를 깨달아야 한다. 막연한 미래의 80, 90 때가 아니라 지금 여기에서 내 삶의 의미를 재정립하고 바라보는 것이 중요하다. 그것이 노년기를 살아가는 최소한의 마음 자세일 것이다. 사실 늙어가면서 '걷기는 해야만 하는 것이고 기꺼이 해야 하는' 가장 기본적인 생체운동이다. 걸으면서 늙은 심장을 뛰게 하고 가늘게 변한 두 다리가 다시 굵어져야 한다. 행복한 노년이란 질병에서 벗어나 웰빙의 관점에서 자신이 하고 싶은 일을 하고 원하는 곳에 갈 수 있는 신체적 건강이다. 이 말을 진정으로 받아들인다면 당신은 왜 걷기를 주저하고 있는 것인가?

의심하지 말고 취미로 열정으로 많이 걸어라. 취미는 누구나 필요하다. 자기만의 특이한 취향에 빠지는 것은 즐거운 일이고 삶의 질을 높이는 수단이다. 노년의 걷기는 매일 걷기를 통해서 건강하게 편안하게 살아가고 보다 깊은 사유와 함께 영혼을 풍요롭게 하는 의미를 담고 있다. 노년기에 품위 있게 나이 드는 방법 중에 나는 가장 중요한 요소가 바로 걷기라고 생각하기 때문이다.

제2부

단 한 번 주어진 인생

노년의 건강을 위한 걷기운동

　최근에는 많은 사람들이 건강을 위하여 걷기운동을 한다. 나도 가끔은 자전거를 타서 달리기도 하지만 건강을 위하여 해안도로에서 걷기운동을 하고 있다. 걷는다는 것은 가벼운 운동처럼 보이지만 걷기의 효과는 가볍지 않다고 한다. 한 걸음을 떼는 순간 몸속에서는 수백 개의 뼈와 근육들이 일제히 움직이기 시작하고 몸에 있는 장기가 활발한 활동을 하게 된다. 따라서 걷기운동이 심폐 기능을 향상시키고 혈액순환을 촉진하는 것이다. 걷는 동작은 혈액순환을 원활하게 하여 심장마비를 일으킬 확률을 줄여준다.

　해안도로는 대략 이십여 년 전에 관광 차원에서 제주시 당국이 개설하였다. 해안도로는 제주 바다의 해안 절경을 한눈에 바라볼 수 있어 도내에서 몇 안 되는 좋은 산책코스로 제주시민들의 많은 사랑을 받고 있다. 이 산책로는 용두암에서 이호 해변까지 이어졌으니 꽤 긴 거리로서 해안도로를 한 번에 다 걷는다는 것은 노년들에게는 무리가 될 것이다. 그래서 자신의 힘에 맞게 중간에서 뉴턴을 하여 돌아와야 한다. 본 해안도로는 시내에 위치해 있어 제주시민과 관광객들에게 인기 있는 걷기 코스이다.

해안도로의 또 다른 매력은 후반부에 위치한 도두봉이다. 해안도로 걷기코스 중 아름다운 휴식처이기도 하지만 멋있는 산책코스도 잘 마련돼 있어 정상까지 올라가 시원한 바다를 감상할 수도 있다.

이곳 도두봉에도 일제 강점기에 주민들의 고혈이 엉켜있는 '일본군 갱도진지'가 있다. 이는 군사시설로 연합군을 저지하기 위하여 시설된 갱도진지 동굴로서 그 당시 일본제국주의가 얼마나 많은 곳을 파 놓았는지 그리고 얼마나 많은 조상님들이 피눈물과 땀을 흘렸는지를 생각하면 가슴이 아프다.

이렇게 걷다 보니 나도 어느새 해안도로, 도두봉 정상과 둘레길까지 한 바퀴 돌고 나왔다. 도두봉은 화산재가 굳어져 형성된 기생화산으로 해발 65m인데 정상에서 맞는 바닷바람은 너무나 상쾌하다. 지금 내 이마에는 땀방울이 흐르고 속옷도 흠뻑 젖은 것을 보니 오늘은 너무 무리하게 걸었나 보다.

건강한 노년을 위하여 걷는 것이 좋다는 것은 누구나 알고 있다. 걷기 전에 스트레칭을 통해서 몸의 근육을 풀어주는 게 좋다고 한다. 걷기 바로 전에 발가락, 발목, 무릎, 목, 어깨 스트레칭을 통해 굳어 있는 관절과 인대를 깨워주는 게 좋다. 이때 중요한 것은 바른 자세로 걸어야 효과를 제대로 볼 수 있다. 상체는 바르게 세워 배에 힘을 주고 시선은 정면을 향한다. 팔은 앞뒤로 자연스럽게 움직인다. 발을 뗄 때는 뒤꿈치 안쪽이 먼저 들리는 동시에 엄지발가락이 지면을 차고 나가야 한다.

걷기에는 혼자 걷는 습관에 길들여지는 것이 중요하다. 걷는다는 것은 나 혼자의 운동이다. 나이가 들어 걷지 못하면 끝장이고 비참한 인생 종말을 맞게 된다. 걷고 달리는 활동력을 잃은 것은 생명 유지의 마지막 가능성을 잃는 것이다. 걷지 않으면 모든 것을 잃어버린다. 다리가 무너지면 건강이 무너지기에 걷는 것은 생명 유지 능력의 마지막 기능이다.

개인마다 운동 강도에 따라 신체 반응이 다르기 때문에 무리하게 걷는 것은 오히려 좋지 않다. 운동을 완벽히 소화하겠다는 강박관념에서 벗어나 걷기를 즐기는 마음가짐이 중요하다. 걸어야 산다. 이제 꽃피는 4월이 지나고 신록의 계절인 5월엔 자연과 마주하며 건강을 위하여 노력을 게을리하지 말아야겠다는 다짐을 하며 건강한 노년을 위하여 열심히 걸어야겠다.

용두암관광

노후 준비는 되었는가?

우리 노인인 나의 문제이다. 노인이라면 그 누구도 피할 수 없는 우리 모두의 현실이다. 그것을 준비하는 사람과 자신과는 관계없는 줄 알고 살아가는 사람들이 있을 뿐이다. 노후에 준비할 것은 무엇인가?

첫째는 가난한 것인데 노년의 가난은 더욱 고통스럽다. 할 일 없이 도시공원에 모여 앉아 놀다가 무료급식으로 끼니를 때우는 일도 있을 것이다. 나이가 들어, 가진 게 없다는 것은 해결 방법이 없다. 이것은 우리 사회 문제이기도 하다. 일차 책임은 물론 본인에게 있는 것이지만 지금 노인분들이 우리 사회에 기여한 노력에 대한 최소한의 배려는 제도적으로 보장되어야 하지 않을까. 노후를 위하여 개인이 늙지 않는 사람은 세상에 없다. 어떻게 늙어가야 하는지 어려운 일이다. 준비는 저축, 보험, 연금가입 등 방법은 다양하다. 결코, 노년을 가볍게 생각해서는 안 된다. 100세 시대일수록 은퇴 후의 삶이 더욱 무겁고 중요하다.

두 번째는 외로움이다. 젊었을 때는 친구도 많고, 그리고 쓸 돈이 있으니 친구와 친지들을 만나는 기회도 많았다. 나이 들어 수입이 끊어지고 친구들도 하나, 둘 먼저 떠나고 또 육체적으로 나들이가 어려워진다. 그때의 외로움은 심각하다. 그것이 마음의 병이 되는 수도 있다. 그래서 혼자 사는 연습이 필요한 것이다. 외로움은 자의 혼자의 노력으로 이겨내야 한다. 전적으로 자신의 문제이기 때문이다.

세 번째는 할 일이 없는 것이다. 사람이 할 일이 없다는 것은 하나의 고문이다. 몸도 건강하고 돈도 가지고 있지만 할 일이 없다면 그 고통에서 벗어나지 못한다. 하루 이틀도 아닌 긴 시간을 할 일 없이 지낸다는 것은 정말로 고통스러운 일이다. 그래서 준비와 대책이 필요하다. 나이가 들어서도 혼자 할 수 있고 특히 자신의 적성을 감안해서 소일거리를 준비해야 한다. 혼자 즐길 수 있고 자기 취미생활과 관련짓는 것도 필수적이다. 가장 보편적이고 친화적인 것이 독서나 음악 감상이다. 하지만 이런 생활은 하루아침에 되는 것도 아니다. 미리 시간을 두고 준비해서 적응토록 노력해야 한다. 지금의 세상은 컴퓨터를 해야 소외받지 않는다. e-메일 등을 개설하여 운영하면 새로운 세계가 펼쳐지는 것을 경험하게 될 것이다. 컴퓨터를 하면 그렇게 시간이 잘 갈 수가 없다. 컴퓨터는 노년에 가장 두려워하는 치매 예방에도 좋다고 한다. 그래서 나는 잘하지 못하지만, 컴퓨터를 하고 있다.

네 번째는 노인병의 괴로움이다. 늙었다는 것은 그 육신이 닳았다는 것이다. 오래 사용했으니 여기저기 고장이 나는 것은 당연하다. 고혈압, 퇴행성관절염, 심장질환, 요통, 전립선질환, 골다공증, 당뇨 등은 모든 노인들이 공통으로 가지고 있는 노인병이다. 늙음도 서러운데 병의 괴로움까지 겹치니 그 심신의 괴로움은 말할 수 없다. 100세 시대를 건강하게 살아가려면 노화에 따르는 각종 질환에 잘 대비해야 한다. 늙어서 병들면 잘 낫지도 않는다. 건강도 젊고 건강할 때 지키고 관리해야 한다. 젊은 나이에도 격한 운동을 하다가 사고로 관절염이 생기는 경우도 있다. 무릎 보호대도 건강한 무릎에 쓰는 것이지 병든 무릎에는 쓸데없는 물건이다. 노인들이 병에 시달리는 것은 불가항력인 것도 있겠지만 건강할 때 관리를 소홀히 한 것이 원인 중의 하나이다.

노년이 되어서는 체력을 적극적으로 관리해야 한다. 우리는 움직이지 않으면 죽는다는 마음으로 즐겁게 운동을 해야 하리라. 나이 들어도 가장 효과적인 운동은 '걷기'이다. 편한 신발 한 켤레만 있으면 된다. 걷기는 심신이 함께하는 운동이다. 꾸준히 걷는 사람은 아픈 데가 별로 없다고 한다. 노년의 괴로움은 옛날에도 지금도 앞으로도 모든 사람 앞에 있는 피할 수 없는 현실이다. 그러나 준비만 잘하면 최소화할 수는 있다.

우리가 건강하게 오래 살기 위해서는 반드시 지켜야 할 주의 사항이 무엇인지 생각해 봐야겠다. 첫째로 쓰러지지 말아야 하고 둘째로 감기에 걸리지 말라. 셋째로 의리에 얽매이지 말도록 해야 할 것이다. 실제로 고령자의 사망 원인 중 가장 높은 비율을 차지하고 있는 게 감기라고 한다. 의리를 지키기 위해 친구 장례식에 갔다가 감기가 폐렴으로 발전해 사망했다는 말을 들었다. 어떤 이유이든 노인은 한 번 쓰러진 다음에는 재기불능 상태에 빠져 사망에 이르게 된다. 그래서 노인은 나이가 들어도 평상시 꾸준히 다리 근육을 유지하기 위한 노력을 해야 할 것이다. 많은 사람이 알고 있듯이 걷기가 가장 좋은 다리 근육 유지법이라고 생각한다. 매일 조금씩이라도 걷도록 해야 할 것이다. 그래서 나의 노인 시대를 훌륭하게 넘기기 위해서는 나의 역량을 다해 그 준비를 잘해서 훌륭하게 누구 못지않게 잘 만들어가야 하겠다.

나의 삶의 시간이 얼마인지 알 수 없는 이때 값진 선물과 같은 시간을 얼마나 잘 사용하여 자신을 개발하고 훈련해 활용하느냐에 달려있다고 본다. 누구나 하루가 더해져 늙어가는 것은 어쩔 수 없다. 나는 늙는다는 것이 더는 남의 일이 아님을 알게 된 것이다. 이 세상이 변하는 것을 알고 정면으로 맞서는 일만이 우리들을 더 나은 사람으로 만들어줄 것이다.

단 한 번 주어진 인생!

정년퇴직 후 눈 깜박하는 사이에 어느덧 20년의 세월이 지나가 버렸다. 지나온 나의 생활을 심각하게 뒤돌아본다. 나는 너무나 소극적이었고 세상을 몰라도 한참 몰랐다. 현시대와 맞지 않는 사고방식 속에서 살아왔다는 생각이 든다. 왜 그렇게도 현실을 부정하려고 애를 쓰며 살았는지 모르겠다. 더러운 쓰레기 속에서는 아무리 깨끗이 하려고 노력해도 더러워지는 것을 알지 못했다. 그래도 나만은 양심적으로 깨끗한 인생을 살아보려고 생각을 했다. 그러나 현실은 이 미련한 나를 용납해 주지 않았다.

퇴직한 후 4년이 지났을 무렵이었다. 2002년 7월에 나의 생애에 놀라운 일이 일어났다. 제주지방체신청 주관 실버정보검색대회에서 당당히 대상을 수상, 상금으로 100만 원을 받는 영예를 안은 것이다. 나는 이 상금을 어디에 쓸 것인가? 즐거운 고민 끝에 말단 공무원에게 시집와서 박봉으로 자식 키우랴 시아버님 모시고 병시중하랴 가정생활이 어려워서 남의 과수원이나 밭에서 감귤 따기부터 밭농사 일까지 어렵고 힘든 일을 하면서 평생을 가사에 고생만 한 아내의 노후생활을 위해서 쓰도록 하고 아내와 기쁜 마음으로 나누어 썼다. 나는 나 혼자 이 세상을 살아가는 줄 알고 착각 속에서 아내를 잊어버릴 뻔했는데 내 아내의 소중함을 생각하면서 살아갈 수 있는 인생 후반기의 남은 세월이 있어 얼마나 다행인지 모르겠다.

우리가 살아가는 지역사회는 수많은 문제점을 가지고 있다. 가난하고 고통받는 이웃과 더러운 환경 무질서한 거리 등 많은 문제가 해결의 손길을 기다리고 있다. 예전엔 국가 또는 정부가 다 해결해야 한다고 생각했다. 그러나 오늘날은 우리 시민들이 지역사회를 향해 나서야 한다. 우리 주변의 불우한 이웃들의 육체적·정신적 조건을 개선하는 작업을 자원봉사활동이라 하겠다. 즉 모든 사람이 행복하게 살아가는 복지사회 실현을 위하여 자발적으로 반대급부 없이 참여하고 협력하는 사람의 체계적 노력이라고 생각한다. 자원봉사활동은 우리 생활의 일부로 파괴된 인간성을 회복하고 행복을 유지하기 위하여 바람직한 환경을 자발적인 노력으로 꾸준히 실천해야 할 덕목으로서 지역사회의 문제를 해결하기 위해 우리가 나서는 것을 의미한다.

지난 2011년 6월에는 제주상록봉사단원 모집이 있어 나는 지원서를 제출하고 발대식에 참석함으로써 봉사단의 일원이 되어 봉사활동을 시작하게 되었다. 우리 단원들은 공직에서 명예롭게 퇴직한 대부분이 60, 70대인 분들로 구성되었다. 나이가 많은 우리가 무엇을 할 수 있을 것인지 걱정도 되었으나 올해로 10년째 접어든 지금 우리 단원들은 어려운 이웃을 위하여 봉사한다는 데 긍지와 보람으로 열심히 봉사활동에 참여하고 있다. 사실 봉사활동이라고 하지만 그들의 삶을 통해서 자신을 객관적으로 돌아보는 안목을 키우고 낮은 자세로 살아가는 지혜를 얻을 수 있다. 자원봉사는 베풂과 나눔의 실천이다. 덤으로 만족과 기쁨을 얻을 수도 있으며 자원봉사는 무한대의 가치가 있다고 본다. 그리고 지역사회의 성장 엔진으로 사회를 유지, 발전시키는 데 필수 요소가 됨은 말할 것이 없다.

2011년부터 인효원이라는 요양원에서 매월 봉사단의 일원으로 참여하여 봉사활동을 해 왔다. 요양원에서 우리가 하는 일은 건물 내 청소, 식사 보조, 주변 환경정비 활동 등을 하고 있으며 그 외로는 가끔 할머니와 할아버지께 즐거운 시간을 마련해 드리기 위하여 흘러간 옛 노래와 동요를 부르며 노래 공연도 하였다. 우리는 남을 위해 봉사할 수 있는 것만으로도 우리의 인생이 자랑스럽다고 생각하며 건강이 허락하는 한 활동도 계속할 것이다. 그리고 우리가 봉사활동을 끝낸 후에 느낄 수 있는 뿌듯한 희열과 행복감은 직접 체험한 사람만이 맛볼 수 있는 특권이라 하겠다. 오늘 나의 봉사활동 실적을 확인한 결과 아직 부끄러운 276건에 707시간이었다.

상록 봉사

인효원 요양원 봉사

나는 요즈음에 건강이 매우 안 좋아서 활동을 당분간 쉬다가 작년 3월 초부터 다시 기쁜 마음으로 활동을 재개했다. 노후에 존경받는 길은 이웃에 조그만 것이라도 베풀려고 하는 데서 얻을 수 있을 것이다. 우리가 모두 함께 더불어 살아가는 공동체에서 서로 마음을 열고 자기가 가진 것을 나눌 때 우리의 삶도 더욱 윤택해진다는 생각이며 많은 욕심 부리지 말고 밥 먹고 살 만하면 나머지는 나보다 어려운 이웃과 더불어 기꺼이 쓸 수 있는 여유로운 삶이면 좋을 것이다. 2003~2005년도에 조그만 자영업을 하면서 장애인 복지관과 지역 동사무소를 통한 기초생활 보장 수급자 돕기에 라면 등을 지원한 바가 있다.

우리는 이 세상을 어떻게 살아가고 있는지? 매사를 긍정적으로 보며 살고 있는지 아니면 부정적으로 한탄하며 살고 있는지 생각을 해 봐야겠다. 오늘도 하나님 덕분에, 부모님 덕분에, 친구 덕분에 살아가고 있음을 고백하는 멋진 사람이었으면 좋겠다. 암 환자의 사망 원인을 연구한 바를 보면 대부분이 겁을 먹어서 죽고, 굶어서 죽고, 약을 제대로 사용하지 않아서 죽었다는 것이다. 반대로 암을 고친 사람은 대부분 어떤 정신적 부담도 없이 질병에 똑바로 대처한 사람들이었다고 한다. 우리가 낙천적인 정서를 항상 가지고 있으면 건강 장수가 헛된 기대가 아니라 실지로 누릴 수 있는 일이라고 생각한다. 나는 오늘도 봉사활동을 같이하는 단원들과 사랑하는 많은 이들과 함께하는 인생길을 살아가고 있음에 감사하는 마음을 가지고 있다.

나는 일제 강점기에 가난한 농군의 아들로 태어나 배우지 못한 한으로 살아왔다. 퇴직 후 각종 시민강좌에는 가슴 설레며 밤낮없이 수강을 했다. "만나는 사람마다 교육의 기회로 삼아라"라는 링컨의 좌우명을 나는 소중히 여기며 열심히 실천하면서 살았다. 누구에게든 모르는 것이 있으면 부끄러움 없이 질문하고 배우기를 게을리하지 않았다. 이것은 지금까지 사는 동안 나를 지켜준 소중한 버팀목이었음은 물론이다.

우리 노인들도 취미로 마음만 먹으면 컴퓨터 가요 댄스 등을 배운다든지 지역 사회봉사 활동에 참여한다면 고독함이나 우울증은 자연스럽게 멀어질 수 있을 것이다. 내게 남은 인생이 얼마나 될지 그것은 아무도 모른다. 하지만 남은 인생을 아름답고 보람 있게 보내고 싶은 마음은 모두가 같을 것이다. 단 한 번 주어진 인생! 무엇이든지 열심히 배우려고 노력하는 자세를 견지한다면 아름다운 노년은 저절로 만들어질 것이다. 내 남은 삶이 길지 않으니 이 세상을 더욱 소중한 마음으로 살아야지 않겠는가!

PC 강좌 수강

대밭에 있는 쑥은 곧게 자란다

　이 세상에는 수많은 사람이 제각기 다른 모습으로 살아가고 있다. 분명 인간으로 존재하고 있으나 인간답지 못하게 살아가는 사람이 주변에는 너무나 많다. 아무튼, 우리 사회가 비인간화되어가고 있는 것은 분명해 보인다. 이 사회가 인간답지 못하게 되어 간다면 어디에서 그 희망을 찾아야 할까. 안타까운 일이 아닐 수 없다.

　추위에 떨어 본 사람은 태양이 따뜻함을 알고, 인생이 괴롭고 힘듦을 겪어본 사람은 생명의 존귀함을 안다고 어느 시인은 말했다. 한국에서 초빙교수로 살다가 귀국한 미국의 유명한 교수에게 한국의 이미지가 어떠냐고 물어봤다고 한다. 그 교수는 "한국인은 너무나 친절하다. 그러나 그것이 그 사람의 인격이라고 판단하는 것은 오해다. 권력자이거나 유명한 사람에게는 친절하지만 힘없는 약자에게는 거만하기 짝이 없어 놀랄 때가 많다. 특히 식당 종업원에게는 마구 무례하게 대하여 옆에서 보기에 불쾌할 정도이다." 잘 나가는 엘리트일수록 이와 같은 이중인격을 지니고 있어 인간적으로 사귀고 싶지 않다고 말했다고 한다.

　서울에 살고 있는 점잖은 사람이 미국의 코리아타운 식당에서 종업원에게 "야! 너! 이봐!" 큰소리치는 광경을 많이 볼 수 있었다. 한국에서는 엘리트 계층이라면 배운 사람인데 배운 사람일수록 겸손해야 하는데 오히려 더 거만을 떤다. 지식은 많으나 지혜롭지가 못하다. 말은 유식하지만, 행동은 무식하기 짝이 없는 슬픈 현상이다.

그 교수는 어느 날 모 회사 중역과 저녁을 먹고 숙소로 돌아오는데 한가한 길에서 빨강 신호등이 켜져 운전기사가 차를 멈추자 중역이 "아무 차도 없잖아. 그냥 건너가."라고 말했다. 그 후부터 그 사람을 다시 보게 되었다고 했다. 힘 있는 사람부터 법을 안 지키니 부정부패가 만연하고 준법정신이 엉망이지 않은가.

고위공직자로 내정된 자가 청문회에서 대부분이 위법, 비리, 부정, 위장전입 등을 인정할 정도이니 요직에 있는 인사들도 다시 보게 된다. 한국의 엘리트들은 자기 잘못을 절대 인정하지 않으려고 한다. 회사에서 뭐가 잘못되면 전부 윗사람 아랫사람 탓이고 자기반성은 조금도 없어 모두가 남의 탓이다. 자신의 죄와 복의 원인은 스스로가 만들어가는 것이 아니겠는가. 이 세상이 삭막하고 슬픈 마음이 절로 생긴다. 교육계에서는 유치원에서부터 인간으로 해야 할 도리, 정직성, 책임감, 겸손, 희생정신, 준법정신 등을 몸과 마음에 배도록 가르치고 훈련해야겠다고 생각해 본다.

나는 가난한 농군의 아들로 태어나 배우지 못한 한을 품고 살아왔다. 각종 시민강좌는 무엇이든 빠지지 않고 수강했다. "만나는 사람마다 교육의 기회로 삼아라."라는 미국 제16대 대통령 링컨의 좌우명을 나는 소중히 여기며 열심히 실천하면서 살았다. 누구에게든 모르는 것이 있으면 무엇이든 부끄러움 없이 질문하고 배우는 것에 열심이었다.

지구상에 존재하는 만물 중에 유독 사람만 웃으며 살아간다. 좋은 생각으로 기쁨과 웃음 짓는 게 건강한 몸과 맑은 마음을 갖기 위한 길이라면 너나 할 것 없이 모두에게 좋은 일이 아니랴.

아름다운 생각이 따로 있는 게 아니며 나 자신도 조금만 아주 조금만 마음을 열면 아름답고 우아한 인격자가 될 수 있다. 쑥이 대밭에 있으면 대나무처럼 곧게 자란다. 단 한 번 주어진 인생! 덕과 지혜의 향기가 조금씩 우러나는 부드럽고 보람 있고 멋진 아름다운 삶을 만들어가야지 않겠는가.

막내아들의 결혼

오늘 나의 막내아들이 고대하던 결혼을 했다. 이제 막내가 결혼함으로써 내가 할 일은 모두 다 치렀다고 생각한다. 주례사는 양가 부모 중에서 한 사람이 해야 할 것으로 생각하고 신랑의 아버지로서 내가 해야겠다고 결정을 했다. 그래서 아빠로서 하고 싶은 말과 주례로서 해야 할 말을 수일 동안 준비해서 주례사 겸 인사말을 정리하였다. 이제 우리 막내아들과 며느리에 대한 주례사 겸 인사말 내용을 요약하여 정리하였다.

"오늘 이 자리에 참석하여 주신 하객 여러분 안녕하십니까. 제 인생에 처음이고 마지막인 주례사 겸 인사말을 하겠습니다. 신랑과 신부는 다음과 같이 몇 가지 사항을 마음에 꼭 새겨서 밝고 풍요로운 가정을 만들어 나아가기를 바랍니다.

첫째는 감사입니다. 좀 멋쩍더라도 서로 고마워요. 하는 말 한마디가 부부의 정감을 더 깊게 해주리라고 생각합니다.

둘째는 친한 사이에도 예의가 있어야 합니다. 아무리 부부라 하더라도 서로 최저선의 예의는 잊지 말아야 합니다.

셋째는 칭찬하는 일입니다. 사소한 일에도 관심을 가지고 칭찬을 잊지 말아야 합니다. 그러면 하루하루가 즐겁게 지낼 것입니다.

오늘의 신랑 신부는 서로를 무조건 이해하고 인정하라는 것입니다. 신랑 신부는 성도 다르고 살아온 환경도 같을 수 없습니다. 따라서 상대를 무조건 이해하고 서로 다름을 인정하라고 말해 주고 싶습니다. 나 자신을 내세워 상대의 자존심에 상처를 주지 말라는 것입니다. 자신의 자존심만을 내세운다면 불화의 싹이 됨을 명심하기를 바랍니다. 그리고 상대의 단점을 감싸 주라고 당부합니다. 앞으로 살다 보면 상대의 단점이 보이기 시작할 것입니다. 먼저 장점을 보도록 노력하고 단점도 감싸 안아서 현명하게 대처했으면 합니다.

흔히 결혼은 연애의 종착역이라고 하지만 동시에 시발역이기도 합니다. 결혼하면 좋은 점도 많지만 어려운 일도 있을 것입니다. 이는 결혼하면 좋은 점의 합과 나쁜 점의 합이 같다는 것입니다. 어렵고 힘들다는 것은 같은 정도로 기쁘고 좋은 일도 있다는 것입니다. 세상은 반드시 좋은 일과 나쁜 일이 동전의 양면처럼 자석의 양극처럼 동시에 발생한다고 생각합니다. 그러나 힘들고 어렵다는 것은 반드시 그만큼의 보상이 있을 것입니다.

결혼은 남녀 누구에게나 일생에 있어서 그 어떤 일보다 중요한 일이 아닐 수 없습니다. 이제 두 사람은 평생 모든 것을 같이하는 운명공동체가 되었습니다. 앞으로 인생을 살아가면서 경험하는 성공이나 실패, 기쁨이나 슬픔은 어느 한 사람만의 것이 될 수 없고 두 사람 모두의 것입니다.

화목한 결혼 생활은 지혜로운 노력이 필요합니다. 오늘의 신랑 신부는 이 점을 명심하여 서로가 자신을 다듬고 가꾸는 노력을 평생 계속하기를 바랍니다. 살다 보면 가장 소중한 사람은 마지막까지 내 곁에 있어 줄 남편과 아내입니다. 좋은 일이 생기면 같은 정도의 어려운 일을 생각하고 만일 어려운 일이 생겨도 좋은 일을 만들기 위한 과정이라는 생각으로 이겨내야 합니다. 신랑 신부는 사회에 대하여 한층 의무와 책임을 자각하기를 바랍니다. 끝으로 참석해 주신 하객 여러분께서도 내내 행복하시기를 빕니다. 감사합니다."하고 마무리하였다.

이 자리를 빌려서 여러 가지로 어려운 환경에서도 우리 아이들을 반듯하게 길러 준 사랑하는 아내에게 진심으로 고맙고 미안한 마음 금할 길이 없다. 여기서 류을혁 시인의 '내 사랑 당신'이란 시 구절 일부가 가슴에 와닿는다.

'당신이 없었으면 어쩔 뻔했어.' '삭막한 세상 나 혼자서 어쩔 뻔했어.'(중략)

남편과 아내는 실패와 실수를 지적하는 것이 아니라 실패와 실수를 덮어 주는 데 있다고 하지 않았던가!

막내야 인생은 셀프이다

1997년 12월 강영민 내과에서 막내아들이 진찰을 받았는데 폐농양이 의심된다. 하여 입원 치료를 해야겠다는 것이다.

12월 5일 입원을 하고 열흘 정도 치료를 받았으나 차도가 없었다. 병동 담당 간호사가 서울에 가서 치료하는 게 좋겠다는 귀띔을 해주었기에 병원장에게 서울로 가겠다고 해서 12월 15일 퇴원하고 복잡한 입원절차를 거쳐서 98년 1월 6일 삼성서울병원에 입원하고 수술을 받았다. 오른쪽 폐 3엽중 아래 한 엽을 제거하는 수술이었다. 15일 동안을 입원 치료하고 98년 1월 20일 퇴원한 후 집에서 약 먹고 치료를 하였는데 회복 상태가 별로 안 좋아서 2월 3일 재입원하여 치료받고 2월 7일 퇴원을 하여 집으로 돌아왔다. 그 후 여러 번의 서울병원을 왕래하며 검진을 받은 바 괜찮다는 검진 결과를 받고 약만 집에서 몇 개월을 복용하였다.

우리 막내는 내 나이 43세에 낳은 아들로서 여러 가지로 엄마가 힘든 시기에 태어났다. 오랜만에 얻은 아들이라 어릴 때부터 많은 귀여움을 받았던 귀염둥이였다.

나는 98년 6월 정년퇴직을 앞둔 시기라 직장에는 아들 간병을 하기 위하여 휴가를 내고 병원에서 가슴 조이며 간병을 열심히 했다. 삼성병원은 낮에는 보호자가 있을 수 있으나 밤에는 병실을 나와서 밖에 있는 대기실에서 의자에 쭈그리고 앉아 밤을 새워야 했다.

아들이 입원해 있는 동안 엄마는 집에서 아들의 쾌유를 빌며 지내다가 아들이 보고 싶었는지 서울삼성병원으로 날아왔다. 낮에는 병실에서 아들과 보냈으나 밤엔 대기실로 나와서 보내야 했다. 오랜만에 아들의 회복돼가는 모습을 보고 조금은 안도의 마음을 가졌으리라고 생각이 된다. 나는 지금 98년 1월 20일 퇴원해서 집으로 돌아오는 비행기 안에서 기쁨의 눈물이 앞을 가리면서 그때의 내 심정을 몇 자 쓴 글을 생각해냈다.

범아! 너와 함께 걸어 들어간 이 길을 / 너와 함께 걸어 나오게 되어 기쁘다. / 이 길을 걸어가며 아빠는 생각했었다. / 다시 웃으며 걸어 나올 수 있을까 하고 / 너를 수술실로 들여보내고 네 엄마와 나는 / 너무나 긴 한나절을 마음 졸이며 / 네가 나오기를 기다렸었다.
보름 동안의 입원 생활을 끝내고 / 오늘 너와 함께 웃으며 걸어 나오게 되어/ 이 아빠는 너무나 기쁘고 행복해서 / 흐르는 눈물을 가눌 길이 없었다. / 아빠는 오늘 이제 죽는다고 해도 / 정말 아무런 여한이 없다. / 이 세상에 네가 있어 이 아빠는 / 정말 행복하고 살맛 난다.(후반 생략)

"막내의 퇴원 길"이란 이 글을 쓰면서 행복한 기쁨의 눈물을 가눌 길이 없었다.

이 세상에는 많은 사람이 별의별 모진 고초를 다 겪으며 살아간다. 지금, 이 순간 김영갑갤러리 두모악을 생각해 본다. 김영갑은 1999년도 서울의 모 대학병원에서 '루게릭병'이라는 진단을 받았다. 온몸의 근육이 위축되어 말라가다가 뼈와 가죽만 남아서 죽는다는 병이다. 그래서 많은 사람은 세상에서 가장 잔인한 병중의 하나가 루게릭병이라고 말한다. 2005년 5월의 어느 날 그는 48세의 젊은 나이로 한 많은 세상을 마감했다. 유언 한마디 없이 정들었던 제주 땅에 고이 잠들었다.

"우리 막내아들아! 김영갑은 카메라를 들 힘도 없고 물 한 모금 마실 힘도 없어 시원한 물도 못 먹었던 그는 더 이상 셔터를 누를 힘도 없어 팔을 내리면서 말없이 눈물짓던 것을 생각하며 앞으로 희망을 가지고 열심히 살아가길 바란다." 사회생활을 하는 것은 남에게 도움을 주기도 하고 나도 도움을 받기도 하며 서로 도우면서 살아가는 게 이 세상을 현명하게 살아가는 좋은 자세라고 생각한다.

우리 사회가 도덕성의 해이로 비인간화되어간다면 우리는 어디에서 희망을 찾아야 할까. 인간이 동물과 다름은 함께 사는 방법을 아는 지혜로움이다. 작은 잘못도 "내 탓이요"라는 너그러운 마음을 가지고 살아야겠다. 언제나 칭찬과 따뜻한 말, 품위가 있고 본받을 점이 많아서 또 만나고 싶은 사람이 되도록 노력해야겠다. 이 세상 어느 누구의 삶에도 고난과 역경은 있게 마련이다. 그냥 피어 있는 꽃이 없듯이 그냥 태어난 인생도 없다. 마지못해 살아가는 인생도 없어야 한다. 세속에 찌들어 삶이 힘겨워도 삶은 아름답고 소중한 것이다. 마음을 비우고 채울 수 있는 영리하고 착한 심정으로 살아간다면 행복은 가까이에 있다고 본다.

막내야! 이제 모든 아픔은 다 잊어버리고 즐겁고 유쾌하게 그리고 험난한 이 세상을 현명하고 착하게 살아가길 진심으로 바라는 마음 간절하다. 나의 행복한 삶은 셀프이기 때문이다.

만나는 모든 사람은 스승이다

나는 30년 이상을 공직에서 봉직하다가 20여 년 전에 정년퇴직하였다. 가정 형편상 정상적인 학업의 길을 거치지 못하고 두문불출 머리 싸매어 가며 독학으로 공부하여 어렵게 공직에 입문하였다. 공직생활 30년 중 20년 이상을 일선 동사무소에서 근무하였다. 직접 주민들과 부딪치며 내 나름대로는 가정생활이나 직장생활을 청렴하고 검소하게 함으로써 떳떳하고 홀가분하게 퇴직할 수 있었다.

퇴직 시 연금에 대해서는 일시금으로 타는 게 좋다는 주위 분들과 사랑하는 아내의 간곡한 권유도 있었으나 나는 당시 이자율이 높았음에도 언제까지나 높은 이자를 준다는 보장이 없다는 생각이 들어서 20년을 연금으로 하였고 나머지 13년분은 학자금 등 공제금을 제외하고 일시금으로 받았다. 나는 지금 와서 그 당시 연금 선택이 정말 잘한 것이었다고 생각이 된다. 그때 연금을 선택하지 않고 일시금으로 받았더라면 지금 우리 가정은 많은 어려움을 겪고 있으리라고 생각이 되어 머리가 아찔하다.

매월 받는 연금은 분가한 두 아들과 딸을 제외하고라도 놀고 있는 막내아들을 비롯한 세 식구의 생활비로는 결코 충분치 않지만, 자식들에게 손 내밀지 않고 손자들에게 돈 천 원씩이라도 줄 수 있어 이보다 다행한 일이 있겠는가. 자식에게 용돈을 요구하는 신세가 되었다면 정말 한심스럽고 괴로울 것이다. 자식들이 자진해서 용돈을 주지 않는 한 부모가 손을 벌리기는 정말로 어려운 일이다.

그러나 나는 다행히도 연금으로 되어 있어 용돈을 자식들에게 기대하지 않아도 된다. 우리 집 막내가 취직하고 결혼만 해버리면 작은 연금액으로 생활하지만 말단 공직자에게 시집와서 평생 가정을 위해 고생만 한 아내를 조금이나마 위로하는 마음으로 매년 조금씩 여행비용을 저축해서 3~4년마다 국내외 여행을 할 수 있겠다는 가슴 부푼 희망으로 꿋꿋이 살아야겠다.

나는 가난한 농군의 아들로 태어나 배우지 못한 한을 품고 살아온 사람이다. 재직 중은 물론 퇴직 후에도 배울 기회만 있으면 무엇이든 빠지지 않고 밤낮없이 열심히 수강했다. "만나는 사람마다 교육의 기회로 삼아라."는 링컨의 좌우명을 나는 소중히 여기며 열심히 실천하면서 살아왔다. 지위가 높은 사람이거나 낮은 사람이거나, 윗사람이거나 아랫사람이거나를 막론하고 모르는 것이 있으면 무엇이든 부끄러움 없이 질문하고 배웠다. 이는 평생 나를 지켜준 소중한 말이다.

가끔은 시도 쓰고 모 신문사에 칼럼도 써서 기고도 하고 있다. 1999년 9월에는 한국공무원문학협회 시 부문 신인문학상도 받은 바 있다. 그리고 2002년 7월에는 지방체신청 주관 실버정보 검색대회에서 당당히 대상을 받았으며 상금으로는 100만 원을 받았다. 나는 이 상금으로 고생만 한 아내와 노후 생활의 즐거움을 위해서 투자키로 하고 나이가 들어도 무료하지 않고 즐겁게 지낼 수 있는 건강 운동을 아내와 함께 열심히 배웠다. 그리고 2011년 11월에는 계간 대한문학을 통하여 수필부문에 "어머니의 사랑" 외 1편으로 등단하게 되었다.

직장에 있을 때는 언제나 시간에 쫓기며 살았다. 무슨 일이 마무리가 안 되면 집에 와서도 잠이 안들 정도로 책임감에 시달리며 살았다. 그러나 퇴직할 당시에는 자리를 후배에게 물려준다는 생각에 미련 없이 편안한 마음으로 정년퇴직을 했다. 배움에 한이 된 나는 올해도 무엇인가 배움의 길을 찾아서 이 생명 다하는 날까지 열심히 배우는 자세로 매진해 나가려고 한다.

그리고 조금은 남을 위해서 살아야겠다. 많은 욕심 부리지 말고 밥 먹고 살 만하면 나머지는 나보다 못 사는 이웃에 나누어주는 마음을 가져야겠다. 자신의 삶에 욕심 하나를 줄여서 이웃을 돕는 데 쓴다면 그보다 더 값진 삶은 없을 것이다. 그렇게 사회에 봉사하는 마음으로 살아보자. 노후에 존경받는 길은 이웃에 작은 것이라도 베풀려고 하는 데서 얻을 수 있을 것이다. 평생을 미력이나마 지역사회를 위해서 봉사했다는 자랑스러운 긍지를 가지고 국가에는 감사한 마음과 사회에는 봉사하는 자세로 나 자신은 평생을 배우는 자세로 열심히 살아야겠다고 다짐하는 마음이다.

무사 안녕과 풍요를 기원하는 마을제

　　우리나라의 명절이 대부분 음력을 기준으로 정해지는 것을 보면 우리 문화에서 달은 큰 의미를 가지고 있음을 알 수 있다고 본다. 우리 문화의 상징적인 면에서 보면 이것은 달 신의 음성원리 또는 풍요원리를 기본으로 하므로 이건 첫 번째로 신에게 마을의 풍요를 기원하는 원리를 기본으로 하여 일만팔천 신이 기거하는 신들의 고향 제주에서 지내는 마을제는 제주도민들의 생활 속에 배어있는 세시 풍속이자 전형적 공동체 문화로써 계묘년(癸卯年) 정월 초정일(初丁日)을 기점으로 여러 마을에서 올 한해의 무사 안녕과 농사의 풍요를 기원하는 마을제가 봉행 된다. 마을제는 매년 지내는 정기 제로서 마을마다 정해진 법식에 따라 의례를 행하고 있다.

　　더불어 일년 농사를 준비하는 마음가짐 중 하나로 서로의 건강을 기원하는 의미에서 모든 제사음식을 나누어 먹으며 일 년 동안의 무운을 비어보는 것이라 할 것이다. 유교식 마을제의 대상 신은 마을에 따라서 조금씩 다르겠지만 토신(土神) 포신(酺神) 이사신(里社神) 가신(街神) 등이 있으나 여러 신위 중 하나의 신만을 모시기도 하고 복수의 신위를 모시는 경우도 있는 것이다.

포신(酺神)은 한 마을의 수호신으로 받드는 터주신 위로써 일반적인 토지신과는 구분된다. 토지신은 어떤 국한된 좁은 지역의 신을 말하지만 포신이라 할 때는 특정한 그 마을의 신으로서 토지신보다 훨씬 넓은 범위를 지키는 신이라고 할 수 있다.

마을제 명칭 가운데 대표적인 것은 역시 포제이다. 포신은 오곡풍등(五穀豐登)과 육축번식(六畜繁殖)을 관장하는 농신에 해당된다. 토신을 포괄적인 마을 수호신으로 모시고 있으면서도 토신제라 하지 않고 포제라고 하는 것은 농업을 위주로 사는 사회였기 때문이라고 생각된다.

이렇듯 한 해를 시작하는 시점에 다양한 전통 풍습을 행하여 서로의 건강과 풍요를 기원하였던 마을제는 코로나19가 등장하는 기점부터 최근에 오미크론의 등장을 겪으며 지역행사 불가 등의 사유로 그 힘을 잃어가고 있다고 본다. 장기화 되는 코로나로 인한 우울감과 분노를 넘어서 암담함과 무기력함을 느끼는 상태라고 할 수 있겠다.

포제(酺祭)는 불안한 삶 속에서 한 해를 시작할 때 마을주민의 안녕과 앞으로 마을주민들이 삶에서의 풍요를 기원하고 신의 보호를 받으면서 삶을 안정된 마음에서 영위하고자 치르는 것이다. 택일이 되면 이날의 자시가 바로 행제시(行祭時)가 되는 것이다. 마을에서 비교적 조용하고 정결한 곳에 마련해둔 제단에서 지내는 것이 보통이다.

포제(酺祭)를 앞두고 각 마을에서는 주민총회를 개최하여 제반 사항을 의논하여 결정하고 재관을 구성하게 된다. 제관은 대체로 12~14명으로 구성된다. 과거에는 제관으로 선출되면 일주일 동안 제청에서 합숙하며 재계(齋戒)하였다.

그러나 요즘에는 사흘로 줄였다. 이 기간에 마을 입구에는 금줄을 쳐서 부정한 사람들의 출입을 막는다. 제관들은 마을에 있는 목욕탕에서 목욕하거나 제청에서 향 물로 몸을 깨끗이 하였다. 제청은 부정할 염려가 없고 여러 사람이 기거할 수 있는 넓은 개인 집을 선정했으나 요즘에는 포제단에 제청을 마련하거나 마을회관 경로당 등을 제청으로 선정하고 있다.

포젯 날 저녁이 되면 축문을 작성하고 필요시 예행연습도 한다. 밤 10~11시쯤 되면 제물을 포제단으로 옮겨간다. 미리 준비해둔 희생(犧牲)을 먼저 올리고 나머지 제물을 진설한다. 시간이 되면 제관들은 제복을 차려입고 나와서 관수(盥手)를 한다. 마을에 따라 삼헌관과 제관의 제복이 다른 경우도 있으나 같은 제복도 입는다.

제사의 순서를 적은 홀기(笏記)에 따라 제사를 진행한다. 포제를 지낼 때 개, 소, 닭소리가 들리면 좋지 않다고 믿었다. 이런 소리는 귀신을 쫓아버린다는 관념이었다. 반면에 꿩이나 말소리가 들리면 좋은 징조라고 생각하였다.

이렇게 지내는 마을제는 제례를 넘어 주민들의 일체감을 확인시켜 주며 같은 지역에서 더불어 살아가는 이웃들과 마을 주민으로서 정을 나누고 서로의 위계질서를 확인하며 신의 보호 속에서 한해를 살고자 하는 소박한 마음에서 치르고 있다. 마을마다 치르는 마을제를 통해서 불안한 마음을 털어버리고 보다 안정된 마음에서 좀더 긍정적으로 삶에 매진할 수 있다면 이보다 더 큰 보람이 그 어디에도 없으리라 생각한다.

문경새재 옛길을 걷다

요즈음은 건강을 위하여 걷기 여행이 유행이다. 제주도의 올렛길을 비롯하여 무슨 무슨 둘레길 등 열거하기도 힘이 들 정도이다.

거리에 가로수 낙엽이 붉게 물든 어느 화창한 가을날을 택하여 문경새재 옛길을 걷겠다는 생각으로 아침 일찍이 청주행 비행기를 탔다.

문경새재는 예로부터 한강과 낙동강 유역을 잇는 영남대로 상의 가장 높고 험한 고개라고 한다. 새재라는 이름은 '새도 날아서 넘기가 힘든 고개' '억새가 우거진 고개' '새로 만든 고개'라는 뜻이다. 새재의 길은 전 구간이 흙길인 데다 맑은 계곡물과 숲이 어우러져 한국의 아름다운 길 100선에서 당당히 1위로 뽑힌 곳이자 명승 길로 지정되어 트레킹 명소로 인기가 높다고 한다. 이렇게 좋은 흙길을 유지하기 위해서 문경시에서는 정기적으로 흙길 다지기 작업을 시행하고 있다는 말을 들었다.

고운 단풍과 신선한 바람으로 걷기 좋은 가을에는 오래된 옛길이 뿜어내는 싱그러운 향기 속에서 놀멍쉬멍 걷기가 정말로 좋다. 옛날 조선시대 이전부터 오랜 세월 동안 경상도와 중부지방을 잇는 중요한 통로였으며 수많은 선비가 청운의 꿈을 안고 넘었던 고개이고 영남의 보부상들이 무거운 봇짐을 지고 '눈물이 난다'고 한탄하며 넘었던 험하기로 유명한 고갯길로 길 곳곳에 그 흔적이 깃들어져 있다.

새재 옛길은 시련도 있었는데 특히 임진왜란 때 험준한 새재에서 왜군을 막아야 한다는 부장의 의견을 무시하고 충주에 배수진을 친 신립 장군은 큰 패배를 하였다. 이때 한 일본군 장수는 조선군이 이곳을 막았더라면 큰 피해를 입었을 것이라고 말했다고 한다.

주흘산과 조령산 사이에 새재 계곡이 영남대로와 어우러져 천혜의 자연경관을 이루고 있는 곳이다. 문경새재의 옛길걷기는 제1 관문인 주흘관에서 시작하여 제3 관문인 조령관까지인데 그 길이는 6.5km이다.

보통 사람들이 걷기에 딱 좋은 거리로서 길이 완만하고 길바닥이 깨끗하고 부드러운 흙길이어서 흙길의 감촉을 느끼며 맨발로 걷는 사람들이 꽤 있었다. 맨발로 걷다 보면 기분도 좋아지고 발바닥 전체가 지압효과로 혈액순환과 피로회복 그리고 소화불량 해소에도 많은 효과를 볼 수 있을 것 같다.

아름다운 자연경관을 감상하며 옛사람들의 발길을 쫓아 새재 길에 취하여 걷다 보니 제2 관문 조곡관에 도착했다. 인근에는 조곡 약수터가 마련되었는데 걷다가 마시는 시원한 약수는 글자 그대로 시원하게 약수로 마셨다. 제2 관문인 조곡관을 지나면서 길이 약간 가팔라지지만, 숲은 분위기가 아주 좋다. 이곳 새재 아리랑 비를 지나서 '장원급제길'에 접어들면 돌을 책처럼 쌓아 놓은 책 바위를 볼 수 있다. 그 옛날 선비들이 급제를 기원했던 곳으로써 요즘 이곳은 많은 사람들이 찾아와 무슨 시험에 합격을 기원하며 두 손 모아 기도하는 곳이기도 하다. 내가 이제까지 여러 곳의 길을 걸어 본 바로는 이보다 더 좋은 환경의 걷기코스는 없다고 생각이 될 정도이다.

2010년도에 수안보 상록호텔 주관으로 제1회 문경새재 건강걷기대회를 개최한 바 있었으나 현재는 제2 관문까지 왕복으로 코스를 잡고 한국일보 주관으로 문경새재 걷기대회를 개최하고 있다고 한다. 그래도 본 걷기대회를 중단하지 않고 이벤트행사를 곁들여서 개최하고 있다니 정말 다행한 일이다.

문경지역의 또 다른 매력은 다양한 수질의 온천을 즐길 수 있다는 것이다. 문경읍 일대에 온천단지가 개발되어 새잿 길 여행객들이 숙박하며 여행 끝에 몸풀기에는 적격이다.

피로회복에 좋은 무색무취의 맑은 알칼리성 온천은 물론 지하 900m 화강암층과 석회암층 사이에서 채취한 칼슘과 중탄산 성분의 온천은 류마티스와 통풍, 알레르기성 피부염에도 효과가 있다. 물 색깔이 황토를 풀어놓은 듯 노르스름한 데다 체온보다 낮은 온도로 서늘하면서도 상쾌한 느낌을 갖게 함으로써 아주 이색적인 온천욕을 즐길 수 있는 곳이라고 생각하면서 기회가 된다면 다시 또 한 번 더 가보고 싶은 새재 옛길이다.

백년해로하는 부부 사이

새해를 맞은 지 며칠 안 된 지난겨울 어느 날 가까운 지인들과 좋은 영화를 구경 가기로 하고 영화관으로 갔다. 매표소에 알아보니 자리가 없다고 해서 다음 회까지 입장권을 예매하고 기다렸다가 관람하였다.

이 영화 "임아 그 강을 건너지 마오"가 인기가 높고 관심을 끄는 것은 무슨 까닭인가. 옛날부터 우리 사회에는 부부 화락을 표현하는 좋은 글이 많다. 남편이 노래하면 부인이 따라 한다는 "부창부수" 평생을 함께 늙어간다는 "백년해로" 하늘이 정해준 배우자라는 "천정배필" 등이 있다.

강원도 횡성의 조그만 산골 마을에서 조병만 할아버지와 강계열 할머니가 사이좋게 오순도순 살아가는 사랑 얘기이다. 이 노부부는 76년의 긴 세월을 살면서 모두 열두 자녀를 낳았으나 여섯은 일찍 저승으로 보내고 아들 셋, 딸 셋을 키우며 세속에 관심도 두지 않고 그냥 열심히 사랑하며 살아간다. 성장한 자식들은 모두 결혼하여 품에서 떠나가고 노부부는 서로를 바라보며 노년을 보낸다.

98세의 할아버지는 89세의 할머니의 주름지고 검버섯이 돋아난 얼굴에 입을 맞추고 어루만진다. 노부부는 언제나 고운 한복을 입고 다녔고, 봄이면 꽃을 꺾어 머리에 꽂아주고, 여름엔 개울에서 어린애들처럼 물장난을 치며 놀았다. 가을에 낙엽이 지면 낙엽을 모아 서로 던지며 장난을 쳤고, 겨울에 흰 눈이 내리면 눈을 서로 던지며 눈싸움을 한다. 이렇게 세속에 물들지 않고 천진난만한 모습으로 아름답게 꾸밈없이 살 수 있으면 얼마나 행복한 삶이 될까 하는 생각을 해본다.

노부부는 항상 서로 존댓말을 쓴다. 서로 대화할 때는 곁으로 다가앉아 말을 경청하였다. 서로 존중하고 사랑하는 마음인 것이 분명하다. 노부부는 밤과 낮이 따로 없다. 서로 항상 다정하게 손을 잡고 다닌다. 서로 옆에서 살결이 닿지 않으면 잠도 못 자는 사이다. 이 노부부야말로 아름다운 삶의 모범이라 생각한다.

할아버지는 병세가 많이 악화되어 저세상으로 돌아가시고 말았다. 할아버지의 무덤 앞에서 옷가지를 태우며 할머니는 목이 멘다. 백년해로를 맹세했던 부부이지만 이렇게 곱게 늙으며 아름답게 살다가 헤어지는 노부부의 삶을 바라보며 가슴이 미어지고 아리다. 곱게 늙는다는 것은 마음속에 천진스러운 동심이 살아있는 것이리라.

한데 요즘 세상은 쓰면 뱉고 달면 삼킨다고 한다. 그러나 부부는 달든 쓰든 삼켜야 하는 것이 부부라고 생각한다. 세상이 나를 위해 존재하는 것처럼 상대를 위해서도 존재한다는 것을 알아야 한다. 부부는 검은 머리가 파 뿌리가 되도록 한평생 동행이 되겠다는 약속이라고 생각한다. 이 약속이 제대로 지켜졌을 때 행복한 부부가 되는 것이다. 서로 믿어 주고 사랑하며 행복을 향하여 함께 가야 하는 것이 부부가 아닌가.

우리 가정의 행복 기준이 무엇이라고 생각하는가? 어떤 이는 부와 명예를 얻어야 한다고 할 것이고 또 어떤 이는 그냥 바람 부는 대로 물 흐르는 대로 사는 것이라고 할 것이다. 부자는 부자대로 말 못 할 사정이 있고 거지는 거지대로 행복이 있을 것이다. 거지에게 지금 무엇이 당신에게 필요한가요? 질문했는데 거지의 답변은 "예 나는 따뜻한 저녁밥과 덮고 잘 이불 하나만 있으면 행복하겠다"고 말을 했다. 이같이 행복의 기준은 자기가 처한 입장에 따라서 달라진다.

화목한 가정이란 부부가 함께 노력하고 상대를 존중하고 배려하는 애정이 있을 때 비로소 행복한 가정을 이룰 수 있다고 본다. "악처가 효자보다 낫다"라는 옛말이 있다는 것을 꼭 기억하면서 나머지 삶을 살아가는 데 참고해야 할 일이다. 인생 최대의 행복은 부도 명예도 아니고 사는 동안 지나침도 모자람도 없이 사랑을 나누다가 "나는 당신을 만나서 참으로 행복했습니다"라고 말할 수 있으면 되지 않겠는가!

제3부

아름다운 서귀포 기행

별도봉 해맞이를 가다

갑오년 새해 첫날 아침 일찍 일어나 별도봉 해맞이 행사에 참여하기 위하여 재빨리 준비하였다. 남들은 만날 가는 곳이지만 난생처음으로 일찍이 옷을 따뜻하게 입고 그냥 조금은 설레는 마음으로 별도봉으로 출발하였다.

시내버스로 사라봉 입구에서 하차하여 별도봉으로 가는데 수많은 사람들이 해맞이를 하기 위하여 막 몰려들고 있었다. 별도봉 정상으로 향하는 길에도 많은 사람들이 길을 메우고 있었으며 나도 그 인산인해 속에 끼어서 같이 가고 있었다. 어렵게 해발 136m의 별도봉 정상까지 도착해 보니 제주시민들뿐만 아니라 많은 관광객들까지 동참하고 있었다. 이는 제주가 국제도시임을 증명하는 증거가 아닌가 싶었다.

드디어 동쪽 하늘에 찬란한 태양이 떠오르기 시작했다. 많은 참여자들이 두 손을 모으고 새해의 무사안녕과 소원성취를 기원하고 있었다. 나도 어느새 남들 하는 것을 보다가 덩달아 같이 "새해에는 우리 가족들 모두가 건강하게 지내고 소망하는 일 모두 이루게 해

달라며" 기원하였다.

이곳 별도봉 장수산책로는 이용자들이 걷기에 편리하도록 제주시 당국에서 잘 가꾸어 놓았다. 떡 본 김에 제사 지낸다고 이왕 별도봉에 왔으니 장수산책로를 걷기로 하였다. 장수산책로는 제주의 해안 절경과 시내 전경을 한눈에 내려다볼 수 있어 연인끼리 혹은 가족끼리 산책할 수 있는 도내 최고의 산책코스로 제주시민들의 사랑을 받고 있다.

건입동의 사라봉과 화북동의 별도봉을 잇는 이 산책로는 총길이가 2km 정도로 걷는데 40분 내외가 소요된다. 본 산책로는 시내에 위치해 있어 시민과 관광객들에게 인기 있는 걷기코스이다. 장수산책로 중간지점을 넘으면 시원한 바다가 펼쳐져 있고 전 세계에 7척밖에 없다는 15만t급 대형 크로즈선이 제주외항에 입·출항하는 모습도 가끔은 구경할 수 있다.

정상에서 북측 사면의 등성이가 바다 쪽으로 뻗은 벼랑이 속칭 자살바위이다. 이곳에는 기암괴석이 우뚝하게 솟아 있어 걷는 사람들이 탄성을 자아내게 한다. 특히 벼랑 및 해안에는 해식동굴인 "고래굴"과 "애기 업은 돌"이라 불리는 기암도 볼 수 있다. 그리고 별도봉에는 일제 강점기에 주민들의 고혈이 엉켜있는 여러 개의 "일본군 갱도진지"와 떨어지면 직사한다는 자살바위도 있다. "한 번 더 생각합시다"라는 글귀가 바위에 새겨져 있는 게 보인다.

일제 강점기 때 조천에서 독립 만세 운동이 발발하여 일제의 폭압적 진압에 밀려 나온 젊은 열사들이 이곳까지 몰렸다고 한다. 동과 서로 일본 순사에게 포위당한 열사들은 검푸른 바다를 보며 빼앗긴 조국의 막막한 현실 앞에 울분을 참지 못해 한명씩 몸을 던졌다고 한다. 그 당시 제주도민들은 강제 징용당하여 땅굴을 파는 등 힘든 노역에 시달리며 춥고 배고픔을 견디지 못해 힘든 고통을 벗어나기 위한 방법으로 이곳 자살바위에서 한을 안고 아래로 몸을 던졌다고 한다. 지금도 몇 년에 한 번씩은 이승의 한을 안고 저승으로 떠나는 사람의 소식이 가끔 돌리지만, 우리 삶이 하루속히 어려움에서 벗어나는 세상이 왔으면 하는 바람이다.

아침 햇살이 참으로 눈 부시다. 그 많던 사람들이 이 길을 빠져나가고 지금은 조금 한가해졌다. 걷다 보니 어느새 별도봉 장수 산책로를 한 바퀴 돌았다. 입은 속옷이 흠뻑 젖었으니 걷기운동이 잘되고 있는 증거이리라. 사라봉과 별도봉 입구에는 다양한 운동기구들이 설치돼 있어 평일에도 많은 시민들이 찾아가 운동을 한다.

그 인근에는 중요무형문화재 제 71호 칠머리당 영등굿이 열리는 칠머리당터도 있고 1977년도에 건립한 제주인의 기지의 표상이며 만인이 공경하여 우러러 사모하는 "모충사" 기념탑 등 제주의 역사와 문화를 간직하고 있는 문화유산도 만날 수 있다.

이곳 사라봉과 별도봉은 일출과 일몰을 모두 감상할 수도 있고 장수걷기 코스로서 제주시민의 건강관리에 없어서는 안 될 숨겨진 제주의 아름다운 보물이다.

부부는 영겁의 인연

이 세상 대다수의 많은 사람들처럼 존경하는 지인의 소개로 우리 부부도 반쪽과 반쪽이 만나서 결혼을 하니 둘이 아닌 하나가 된 것이다. 우리 부부는 무촌이란다. 너무 가까워서 촌수가 없다고 한다. 그러나 반대로 등 돌리면 남이 된다. 그래서 촌수가 없다. 이 세상 모든 부부는 항상 서로 마주보는 거울과 같은 것이다. 상대방의 얼굴이 나의 또 다른 얼굴이다. 내가 웃고 있으면 상대방도 웃고 내가 찡그리면 상대방도 찡그리고 있게 된다.

성장 배경과 성격이 다른 남녀가 만나서 함께 살다 보면 크고 작은 의견 차이가 있을 수밖에 없다. 우리 부부도 의견 차이로 인하여 가끔은 티격태격하며 살아간다. 부부는 가장 가까운 듯해도 어찌 보면 가장 어려운 사이이기도 하다. 부부는 늘 평행선과 같아야 하며 그래야 평생 같이 갈 수 있을 것이다. 나는 항상 부부의 도를 지키고 평생을 반려자로 여기며 살아갈 것이다. 하지만 살아가면서 부부 싸움은 있게 마련이다. 어떤 땐 서로에게 상처를 주는 실수도 하게 되고 때로는 서로에게서 벗어나고 싶어 방황할 때도 있을 것이다. 그러나 상대에게 막말하는 언동은 피해야 할 일이다. 부부는 마음에 들었다 안 들었다 하는 사이지만 상대 배우자에게 손찌검은 습관이 되므로 절대 금물이다. 여기서 배기정 시인의 "부부 사이"라는 시 구절이 가슴에 와닿는다.

"가깝고도 먼 것이 부부 사이/ 밉고도 고운 것이 부부 사이/ 변덕 많은 것이 부부 사이/ 따귀 맞고 고소하는 것이 부부 사이/ 칼로 물 베는 것이 부부 사이/ 촌수도 없는 것이 부부 사이/ 알다가도 모를 것이 부부 사이"

옷깃만 스쳐도 인연이라고 했다. 남녀가 만나 부부로 사는 건 보통 인연이 아니다. 지구상에 70억 인구가 살고 있는데 그중에 단 한 사람만이 소중한 인연으로 맺어진 것이다. 오랜 억겁의 인연이라야 부부로 만날 수 있다는 것이다. 이렇게 어렵게 맺어지는 부부생활이지만 작금의 현실은 소중하고 애틋하지만은 않은 것이 사실이다. 쉽게 만나 결혼하고 살다가 또 너무 쉽게 갈라서기 때문이다. 요즘 젊은이들이 이혼을 밥 먹듯이 하는 것을 보면서 걱정되지 않을 수 없다.

사실 남과 남이 만나 한 몸으로 사는 것이 그리 쉬운 일만은 아니다. 부부 갈등과 불화의 원인은 다양하겠지만 부부의 개념을 오해하는 데서 비롯되는 것이다. 부부는 흔히 일심동체라고 하지만 사실은 이심이체이다. 서로 다른 것을 인정하고 이해하며 살아가는 것이 현명하다. 물론 이 또한 쉬운 일은 아니다. 부부가 만나 살면서 어찌 상대의 마음이 내 마음과 같을 수 있겠는가!. 사는 동안 부부는 우리 인생길 함께 가는 동행자라는 것이다. 친구도 자식도 부모도 아니다. 5월은 가정의 달인데 21일을 부부의 날로 정한 뜻은 둘이서 하나가 된다는 뜻을 담았다고 한다. 부부는 서로 다른 차이를 인정하는 것이 중요하다.

서로 다른 환경에서 나고 자란 두 사람이 가정이라는 울타리 안에서 부부라는 하나의 이름으로 살아가야 하는 것이다. 사실 이심이체인 부부는 서로 다름을 인정하고 이해하며 사는 것이 현명한 삶이다. 세상이 아무리 못 믿을 세상이라지만 나를 믿어 주고 사랑하며 행복을 향하여 함께 가야 하는 것이 부부가 아닌가. 어느 누구보다도 서로의 아픔을 잘 알면서도 쉽게 어루만져주지 못하며 사는 것이 부부인지도 모른다. 그러나 부부란 가정을 지탱하는 큰 기둥이며 내가 사회 속에 나아가 생활하는 데 든든한 버팀목이 되어 주고 있지 않은가!

이 세상 떠나는 날 혼자 남은 상대 배우자에게 한평생 사는 동안 고마웠다는 말과 잘해 주지 못해서 미안하다고 말하고, 저세상에 당신과 함께 가지 못해서 아쉬움이 있다고 말하고 싶다.

분단의 현장 임진각과 제3땅굴을 가다

　파주시에 있는 임진각과 제3땅굴을 관광하기 위하여 용산역에서 전철로 목적지를 향해 출발했다. 먼저 평화누리공원을 돌아보고 임진각 전망대에 올라 북녘땅을 바라보지만 뿌연 안개가 끼어 있어 잘 보이지 않았다. 북쪽의 휴전선에서 남쪽으로 7km 서울시청에서 북서쪽으로 54km 떨어진 임진각은 남과 북의 비극적인 현실을 가장 실감 나게 느낄 수 있는 세계적으로 유일무이한 장소로 이산가족은 물론 많은 국민들과 외국관광객들이 자주 찾는 곳이다. 오늘도 많은 관광객들이 분단의 슬픈 현실을 보고 느끼기 위해 줄을 잇고 있다.

　임진각은 실향민들의 아픔을 달래는 장소로 기억하고자 1972년 세워졌으며 취지는 두고 온 산하를 건너다보고 망원경으로 둘러보면서 무언가 헛헛하고 절박함을 달래보고자 건립되었다고 한다. 그런데 임진각은 커피점과 음식점 등이 거의 차지하고 있는 상가로서 의외라는 생각이 들기도 하였다.

　임진각 본관 건너편에는 1985년 조성된 망배단이 있다. 매년 명절이 되면 실향민들이 이곳에 와서 고향을 향해 절을 하는 곳으로 북쪽에 두고 온 가족 친지들을 그리며 실향민들의 아픔을 달래는 장소로서 향로와 망배탑이 있다. 망배단 뒤쪽에는 반세기 넘게 애오라지 통일의 그 날만을 기다리는 1953년 건설된 자유의 다리가 놓여 있다. 경기도 기념물 162호로 지정되어 있고 길이 83m 너비 4.5m 높이 8m로 목조와 철조를 혼합하여 만들어졌으며 1953년 휴전협정에 의해 한국 군포로 12,773명이 자유를 찾아 귀환한 다리라고 해서 자유의 다리라는 이름이 붙여졌지만 이름과는 전혀 다른 자유가 없는 다리가 되어 있다. 2001년에 자유의 다리를 전면 개방했다고 한다.

자유의 다리 아래 호수에 떠 있는 수련이 분단의 슬픔을 피부로 느끼고 있는 관광객들의 마음을 위로해 주는 듯 평화롭기만 하다. 자유의 다리 옆에 전시된 포화로 얼룩진 증기기관차의 처참한 모습이 또 한 번 마음을 아프게 한다. 중공군에게 밀려 후퇴하던 연합군이 북한의 이용을 우려해 열차를 폭파하면서 흉물스럽게 남게 되었다. 이 열차는 2004년 아픈 역사의 증거물로 보존하기 위해 문화재로 등록한 후 "철마는 달리고 싶다" 통일과 평화를 기원하며 DMZ 안에 있던 것을 2007년 이곳으로 옮겨놓았다. 6·25 한국전쟁으로 인해 멈춰선 증기기관차와 무너진 다리를 보고 남과 북이 겪은 아픈 역사를 생각해 보니 마음이 아팠으며 하루속히 통일되었으면 박 대통령의 말과 같이 대박이 확실하다는 마음을 가지며 정말 잘살게 될 것이라는 생각을 해본다.

이곳에는 사람이 많이 찾아오는 탓도 있겠지만 통일공원은 온갖 기념물들의 전시장으로 어수선하다. 자유의 다리를 건너 북쪽 깊숙이 들어가면 판문점이 있지만, 허가증이 없으면 들어갈 수 없다. 한국전쟁이 일어난 다음 해인 1951년 유엔군과 북한군은 개성에서 휴전회담을 시작했다. 그해 회담 장소를 판문점으로 옮겨 1953년 휴전협정이 조인될 때까지 사용하던 곳이다. 휴전협정에 따라 판문점은 유엔군과 북한군 쌍방이 각각 5명씩의 고급장교로 구성된 군사휴전위원회의 본부 구역으로 설정 오늘에 이르기까지 세계역사상 가장 긴 휴전을 관리하는 장소이다.

이곳 판문점은 남북 간의 대화, 남북적십자 회담, 남북 대표들의 회담 장소로 이용되고 있으며 휴전협정을 위반할 때마다 군사정전회담을 열고 있다. 판문점은 본래 시골 마을 이름이다. 이제는 세계의 주목을 받는 장소가 되었으나 결코 자랑스러운 곳이 아니며, 국토분단의 비극과 민족의 아픔을 적나라하게 볼 수 있는 곳이 되었다. 판문점이 하루속히 역사의 기념물로 남을 때 우리 민족의 한은 비로소 풀리지 않을까!

다음에는 제3땅굴로 이동하였다. 제3땅굴 앞에는 관광버스가 줄지어 있고 관광객들이 정말로 많다. 관계자의 말로는 평일엔 3,000명 정도이고 오늘 같은 주말에는 7,000명 이상이라고 한다. 먼저 전시관으로 갔다. 전시관에서는 땅굴을 파야 하는 분단의 역사와 자연생태를 담은 입체 영상물을 볼 수 있었다. DMZ 모형, 땅굴의 모형, 군사분계선의 모형 등을 보면서 겉으로는 평화를 외치면서 속으로는 땅굴을 파야 했던 우리 조국의 역사적 현실 앞에 지나치게 국수적이 아닌 진정한 애국심을 나도 그리고 우리의 후손들도 자존심처럼 지녔으면 하는 마음 간절하다.

1974년 북한의 귀순자 김부성 씨가 아군에게 땅굴을 제보해서 발견하게 된 것이 제3땅굴이다. 군사분계선 기준으로 북으로 1,200m 남으로 435m로 파오다가 발견되었고 땅굴 265m만 볼 수 있다. 우리가 굴착한 탐방로는 걷기에 지장이 없지만, 김일성이가 파놓은 땅굴은 헬멧을 써야 안전하다. 제3땅굴은 북쪽에서 남쪽으로 침투한 땅굴로 폭 2m 높이 2m 총길이는 1,635m이며 지하 73m에 위치하고 있다. 남방 한계선까지 거리는 435m로서 시간당 군이동은 완전 무장 시 1만 명, 비무장 시 3만 명의 병력이 이동할 수 있으며 문산까지 거리는 12km이다. 이렇게 김일성이가 피땀 흘려가며 공을 들여 파놓은 땅굴에서 이제는 수많은 내외관광객이 몰려와 관광 수입을 올리고 있다니 김일성이에게 고마워(?)해야 할지 의문이다. 아마도 김일성 놈은 지하에서 통곡하고 있지는 않을까!

빈 몸으로 태어난 이 세상

이 세상을 살아가면서 과연 내가 가지고 있는 것이 무엇이란 말인가, 아내가 내 것인가, 아들딸이 내 것인가, 친구들이 내 것인가, 내 몸도 내 것이 아닐진대 하물며 누구를 내 것이라 할 것인가, 무엇을 내 것이라 할 수 있겠는가, 모든 것은 다 뜬 그림 같은 것이 아니겠는가, 이 세상에는 누구나 태어나서 욕심부리고 사랑하고 증오하며 살다가 내 의지와는 다르게 늙고 병들고 기억력도 점점 상실되어서 언젠가는 죽어가게 된다는 것을 생각하면 이 어찌 살맛 나는 세상이라고 할 수 있겠는가.

이런 것은 사람으로 태어난 이상 어느 누구나 겪어야 하는 삶의 짐이다. 인생은 꿈같고 환상 같고 물거품 같고 그림자와 같으며, 이슬 같고 번갯불과 같은 것이니 이를 잘 적응하며 긍정적으로 살아가는 지혜가 필요하다.

나는 이런 세상에 살아가면서 피할 수 없으면 껴안고 내 체온으로 녹이며 살자. 누가 해도 할 일이라면 내가 하겠다. 하고 스스로 나서서 기쁜 마음으로 일하자. 언제 해도 할 일이라면 미적거리지 말고 지금 당장 하자. 오늘 내 앞에 있는 사람에게는 정성을 다하

자. 이 세상에는 수십억 명의 어마어마한 사람들이 살아가지만 이런 여유로움을 가지고 주변에 불우한 이웃을 돕는 마음으로 남은 후반기 인생을 사람답게 살아가야지 않겠는가.

남은 후반기 인생에 내게 필요한 것은 무엇인가, 아내, 건강, 친구, 돈, 일거리 등 다섯 가지를 꼽을 수 있다. 어느 것 하나 중요하지 않은 것이 없는데 그중에 흉금을 터놓고 많은 시간을 보내려면 아마도 친구와 적당한 일거리가 정말 중요하다고 본다. 어느 정도 경제적인 여유와 건강이 허용되어도 함께 할 수 있는 친구와 소일거리가 없다면 사는 것이 무의미해지기 때문이다.

그중에 내게 필요한 친구에 대하여 생각해 봐야겠다. 친구가 형성되는 과정을 살펴보면 대부분 친구들은 학창시절에 이루어지는 경우가 많다. 학창시절 친하게 지내던 친구가 많아도 사회생활을 하다 보면 하나둘씩 멀어져 노년이 되면 얼마 남지 않는다. 사회생활을 하면서 이루어진 친구들은 그때뿐으로 퇴직하고 나면 평생 친구로 남는 경우가 많지 않다.

특정 목적으로 많은 인맥을 형성하는 경우도 있지만 순수성이 결여되어 오래 지속되지 못한다. 어린 시절의 친구야말로 가장 오래도록 늦게까지 소중하게 남는 아주 귀한 친구인 경우가 많다. 친구와 관계가 계속 유지되기 위해서는 우선 자주 만날 수 있어야 한다. 지난날 친한 친구였다 해도 오랜 기간 만나지 못하면 자연히 멀어지게 마련이며 그런 친구는 아무리 많아도 노년에는 별 의미가 없다고 본다.

친구는 자기 좋을 때만 찾아오는 친구, 이익이 큰 쪽으로만 움직이는 이기적인 친구, 마음을 든든하게 해주는 산과 같은 묵직한 친구, 한결같은 마음으로 대해주는 땅과 같은 친구 등으로 분류해 볼 수 있을 것이다. 나에게 산과 같은 친구, 땅과 같은 친구가 과연 몇 명이나 있으며 내 친구들은 나를 어떤 유형의 친구로 분류할까 하고 생각해 보게 된다.

아무리 생각을 해봐도 이 세상에 내 것은 하나도 없으니 내 앞에 펼쳐지는 모든 현상이 고맙고 감사할 뿐이다. 나를 남편으로 맞아준 아내가 고맙다. 나를 아빠로 선택한 아들과 딸에게 고마운 마음이 간절하다. 부모님과 조상님께 감사하고, 직장에 감사하고, 먹고 살아갈 수 있는 먹거리에 감사하고, 나와 인연 맺은 모든 사람들이 눈물겹도록 고맙다. 저 푸른 바다가 고맙고, 창공을 나는 새들이 고맙다. 저 높은 산과 숲이 고맙고, 비와 눈 내림이 고맙다.

이 세상은 내 것이 하나 없어도 등 따뜻이 잠잘 수 있고, 배부르게 먹을 수 있고, 가끔 여기저기 여행도 다닐 수 있고, 자연에 안겨 포근함을 느낄 수 있으니 나는 이렇게 은혜와 사랑을 듬뿍 차지하고 있는 사람이라고 봐야지 않겠는가.

빈 몸으로 태어난 이 세상 내 후반기 인생길은 마음을 비우고 주변의 이웃을 위하여 내가 베풀 것은 다 베풀며 살자. 베풀며 사는 것은 곧 나의 기쁨이고 행복이다. 많은 욕심 부리지 말고 나보다 조금 불우한 이웃을 위하여 기꺼이 쓸 수 있는 삶이었으면 좋겠다. 앞으로 남은 세월은 미력이나마 내 주변의 이웃을 위하여 베풀고 봉사하는 자세로 살아가야겠다.

삶과 죽음이란 무엇인가

생로병사는 인간에게 주어진 숙명이다. 사람이 태어나서 얼마나 행복하게 살다가 어떻게 죽느냐는 건 우리의 공통 관심사이다. 사람은 이 땅에 태어나 내게 할당된 시간이 분명하지 않고 유한하다는 것을 알고 있다. 이 세상에서 가까운 사람들에게 내게 할당된 시간이 끝나더라도 내 이름이 담긴 기념물을 이 세상에 남기고 싶다. 내가 걸어온 길 때문에 이 세상이 조금이라도 나아졌다는 걸 증명해 줄 기념물이면 얼마나 좋을까 하고 생각을 해본다.

호주에서 수년간 임종 직전 환자들을 간호했던 간호사 브로니 웨어는 환자들이 임종 직전 깨달음을 수집했다. 그들의 다섯 가지 후회는 평생 내 뜻대로 살지 못한 것, 직장생활에만 매진한 것, 자신의 감정을 표현하지 못한 것, 친구들과 더 가깝게 못 지낸 것, 좀 더 내 행복을 위해 도전하지 못했다는 것이었다.

죽음이란 무엇인가에 대해 어느 누구도 오늘날까지 이에 대한 정의를 내리지 못하고 있다. 분 초 시간의 단위들이 우리를 지나서 흐르는 사이에 어느새 한 달이 지나고 한 해가 지나가는 것이다. 이렇게 알지 못하는 사이에 세월이 흘러가고 있다. 우리가 알게 모르게 세월이라는 것에 떠밀려 발길을 옮겨가는 그 끝에는 과연 무엇이 있는 것일까. 우리 삶이 끝에는 죽음이 있다는 사실을 모르는 사람은 없다.

그렇게 그 끝 저 세상으로 가는 순간은 모든 짐을 다 벗어놓고 가야 하는 것도 우리는 너무나 잘 알고 있다. 기독교에서는 죽음을 원죄에 대해 인간에게 내린 벌이라 하며 불교에서는 낡은 옷을 벗고 새 옷을 입는 과정이라고 한다. 죽음의 의미는 모든 생물이 겪고 있는 생명과정의 완전 정지 상태이다. 모든 생명체가 마지막으로 거쳐야 하는 단계가 죽음인 것이다. 이 죽음이 있었기에 모든 생물의 문화와 생활 패턴이 발전해 왔다. 사람은 살기 위하여 의식주 문화를 발전시켜 왔다. 그러나 모든 생물이 피할 수 없는 게 죽음이다.

사람이 이 세상에 태어나 성장해 부모가 되고 자손을 남기고 죽어 세상을 떠나게 되는데 이것은 시야를 넓혀 살펴본다면 나무의 잎과 같은 것이다. 인생이란 나뭇잎과 같이 단풍으로 물들면서 낙엽이 되어 떨어진다. 인간은 한 사람씩 개별로 노력하는 것으로 보이지만, 큰 나무의 줄기에 연결되어 있다는 것이다. 연꽃과 같이 물위에서 잎은 따로따로 보이나 물밑에 뿌리는 하나로 연결되어 있다는 것이다. 죽음이란 슬프게 생각하지만, 나뭇잎이 떨어지는 모습과 다름이 없는 것이다. 그래서 불교에서는 이러한 자연 순리를 제행무상(諸行無常)이라고 한다. 이 세상에 생명으로 태어나 자손들을 남기고 그 모습과 형을 바꾸어 생을 이어 가는 것이다.

우리가 죽어서 가는 곳을 종교마다 다르게 표현한다. 기독교계에서는 천국 또는 하늘나라가 있다 하고 천국이란 천당을 포함하는 더 넓은 개념이다. 불교계에서는 극락 또는 천상, 인간, 아수라의 세계를 돌아가면서 살게 된다고 한다. 지옥은 악하거나 불의한 사람의 영혼이 사후에 처벌을 받는 장소라는 게 대부분의 종교들의 일반적 믿음이 아닌가 한다.

사람이 죽은 뒤에 사는 세상은 저승이라 한다. 대중적인 내세관으로는 크게 세 가지가 있다고 한다. 첫째는 이 세상에서 육체가 죽은 후에는 어떤 영적인 세상에서 삶을 이어 간다는 내세관이다. 둘째는 육체가 죽은 후에는 다시 이 세상으로 태어나는데 이런 재탄생이 계속된다는 내세관이다. 셋째는 죽음과 동시에 그 개인은 영원히 소멸한다는 내세관이다. 첫째 내세관은 기독교, 유대교, 이슬람교 등이고 둘째 내세관은 불교, 힌두교 등의 내세관이며 셋째 내세관은 유물론에서 내세우는 내세관이다. 일반인들이 말하는 인생은 배를 타고 항해하는 것과 같다. 항해(인생)가 끝나면 배에서 내려 뭍으로 올라간다. 배는 육신이요. 영혼은 뭍으로 올라가는 나그네이다.

천천히 걸어도 빨리 달려도 우리에게 주어진 시간은 오직 한세상이다. 어떤 이는 조금 살다가 어떤 이는 오래 살다가 이 세상을 떠난다. 이렇게 소중한 시간에 서로 사랑하며 살아야 하는 이유가 여기에 있다고 한다. 마지막 순간이 누구에게나 온다는 것과 이 세상이 내 눈앞에서 사라지는 그날이 삶을 조용하게 마치는 날이라는 것을 안다. 그 순간이 지나도 별들은 여전히 반짝이고 새벽은 어제처럼 밝아 오고 기쁨과 슬픔도 파도처럼 출렁인다는 것도 안다. 이 세상에서 온갖 노력으로 헛되이 집착한 것들을 그냥 두고 간다는 것도 우리는 알고 있다.

인간은 모두 죽는다. 모든 살아있는 것들은 죽음을 피할 수 없다. 인간은 자신이 죽는다는 사실을 알고 살아가는 유일한 생명체이다. 아무리 애쓰고 살아도 죽고 난 이후의 우리는 망각 속에서 소멸 될 것이라고 생각한다. 아랜트에 따르면 인간을 제외한 우주의 모든 것은 영구적 순환과 생성의 원리 안에서 이 세계는 사라지지 않는다. 이 순환하는 우주 안에서 우리는 직선의 시간을 살아간다. 인간의 삶은 죽음으로 매듭지어진다. 인간은 필멸의 존재자이다. 인간의 삶은 허망하게도 우주의 역사 안에서 소멸하며 이 세상에서 흔적도 없이 사라질 운명이 아닌가 하고 생각해 본다. 역사가는 인간의 필멸성과 더불어 사라질 운명에 처해 있는 인간의 행위와 발언을 기억하고 기록하는 임무를 수행해 왔다. 그렇게 위대한 행위와 발언은 우리 역사에 길이 남게 될 것이다.

우리는 결국 끝에 가서는 다 벗어놓고 가야 하는 것인데 하나하나 벗어놓으면서 가면 훨씬 가볍게 갈 수 있음을 안다. 우리가 붙잡아 둘 수 있는 것과 시간 속에 영원히 살아있는 것은 아무것도 없다. 모든 것은 쉼 없이 변하고 떠나간다. 이 세상을 떠날 때까지 나이로 살기보다는 생각으로 살아야 하며 가지고 있는 것들을 내려놓는 일에서부터 시작된다. 내가 저세상으로 가는 날 남는 자에게 남겨 줄 수 있는 유일한 것은 그들의 가슴에 심어 줄 따뜻한 정 하나밖에 없음을 알면서 오늘, 이 순간까지는 내 욕심에 눈이 멀어서 내 곁의 다른 이들 가슴에 원망을 심어 주는 일은 없었는지 오늘 한번 깊이 생각해 볼 일이다.

우리가 죽기 전에 가족들에게 미리 밝혀두어야 할 것은 정신이 맑을 때 밝혀두어야 한다. 사전 상례의향서, 사전 의료의향서, 유언장 등을 통해서 자신의 의사를 밝혀두는 것이 가족 간의 분쟁을 예방할 수 있을 것으로 생각한다. 우리 살아가는 과정이 존엄하다면 죽는 과정도 존엄해야지 않겠는가. 인간답고 편안한 죽음은 살아있을 때부터 시작되어야 한다. 살기 위해 죽는 게 아니라 죽기 위해 살아야 한다. 잘 죽기 위해서 잘 살아야 한다. 정작 죽음이 찾아왔을 때 평소 하던 대로 맞이하는 삶이 바르고 떳떳하게 잘 사는 길이 아닐까!

시제 참여를 되돌아보다

가을바람이 매섭게 불어오고 있다. 밤과 낮이 일교차가 큰 날들이 지속되는 것이 이 가을도 끝자락으로 추운 겨울이 가까이에 있음을 실감하게 한다. 우리 주변은 벌써 겨울 준비에 여념이 없는 듯하다.

내가 나의 뿌리에 대하여 관심을 갖게 된 것은 청소년 시절부터였다. 60년대 초 군대에 있을 때 휴가를 받게 되었는데 평소에 조상의 뿌리를 찾아봐야겠다는 일념으로 경기도 이천군으로 발길을 향하게 되었다. 그리하여 이천군에 가서 이 사람 저 사람에게 문의하여 효양산의 효양제를 찾게 되었으며 혼자 걸어서 효양산의 시조 묘에 발을 들여놓게 되었다. 이곳에서 후손 된 도리로 늦게나마 시조 묘에 참배하게 되어 감개가 무량함을 가슴깊이 느끼고 돌아왔다. 시조 묘는 이천시향토문화제로 지정되었다고 한다.

그 후 제대하고 나서 총각 시절에 시제를 참가하기 위하여 두 번째로 효양산 시조 묘역을 찾았다. 그때는 전국에서 시제에 참여하기 위하여 많은 서씨 자손들이 찾아오고 있었다. 제주에서 왔다고 하니 멀리서 왔다면서 여러 가지로 배려를 해주었고 제관도 할 수 있게 하여 주었다. 그때도 옛날이라 교통은 지금 같이 편리하지 않았지만, 인심은 후하여 효양제에서 숙식을 제공하였으며 많은 회원과 정담도 나누었다. 옛날의 효양제 시절이 한없이 그립다.

지금 현실은 여건이 여러 가지로 살기에 복잡하다는 이유에서 시제를 지내고 음복을 하고 그냥 파별로 헤어지는 게 조금은 아쉽게 생각된다. 그렇지만 현실이 살기에 바쁘다 보니 마음만은 아쉽지만 어쩔 도리 없이 그렇게 시행하고 있다.

지금에는 국내에서뿐만 아니라 멀리 외국에서도 경비를 써 가며 해마다 시제에 참배하는 자손들의 정성을 볼 때 무엇과도 바꿀 수 없는 조상 숭배의 신앙이라 할 것이다. 우리 이천서씨 대종회에서는 음력 10월 1일을 기하여 이천시 효양산 시조 묘에서 경건한 마음으로 시제를 지내고 있다. 많은 자손들이 모였으니 마이크로 홀기를 부르고 축문을 고한다. 축문 고하는 소리는 메아리가 되어 퍼져나가 신성함이 느껴진다. 삼헌관의 잔이 올려지고 참배객들도 집례의 구령에 따라 재배를 한다. 집에서 지내는 기제사보다 넓은 야외의 묘소 앞에서 경건하게 지내는 시제가 훨씬 품격도 있어 보인다. 효 사상이 땅에 떨어진 오늘날 일 년에 한 번 지내는 시제는 우리 자손들의 효심을 일깨워 주고 후손들 간의 화합을 다져 준다는 점에서 후손들에게 유익한 교육의 장이 되고 있어 다행한 일이 아닐 수 없다.

우리 서 씨의 본관 중 이천은 서 씨의 근본으로 시조 서신일은 우리나라 모든 서 씨의 도시조로 알려지고 있다. 서신일은 기자의 40세 손인 기준의 후손이다. 기자조선의 마지막 왕인 기준이 위만에게 쫓겨 지금의 이천 땅 서아성에 정착하였는데 이곳 지명을 따라서 씨 성이 탄생되었다고 한다. 서신일은 이천시의 효양산 기슭에 복성당을 짓고 은거하면서 처사라 하고 후진 양성에 여생을 바쳤다. 어느 날 산에서 나무를 하던 서신일은 화살에 맞은 채 사냥꾼에게 쫓기는 사슴을 발견하여 이를 풀 더미 속에 숨긴 다음 뒤쫓아 온 사냥꾼을 따돌려 구해 주었다.

그런데 그날 밤 꿈속에 신령이 나타나 그 갸륵한 마음씨를 칭찬하면서 '자손이 대대로 경상을 지내리라'하고 예언하였다. 그 후 서신일이 나이 80세에 이르러 아들을 낳았는데 이때부터 비로소 서 씨가 번창했다는 것이다. 따라서 이천서씨는 기자에 연원을 두고 기준의 장자 계통으로 이어진 후대에서 지금의 이천에 있었던 서아성에 정착함을 계기로 서 씨가 시작되었다는 설이 오랫동안 통설로 되어 왔다는 것이다. 이렇게 해서 이천서씨에서 달성, 대구, 장성, 연산, 남평, 부여, 평당 등 8파로 나뉘었다고 한다. 그리하여 이천서씨는 지금에 이르렀으니 조상님의 은혜에 고마움을 잊어서는 안 된다.

시조님 시제를 이틀 동안 중시조까지 다 지내고서 아쉬운 이별을 하였다. 이렇게 각자 헤어지지만, 내년에 다시 또 만날 것을 기약하는 것이다.

아내에게 띄우는 사연

여보! 우리가 혼인한 지도 어느덧 49주년이 되었군요. 여러 가지로 부족하고 가난한 말단 공무원에게 시집와서 박봉으로 넷이나 되는 아이들 키우랴, 연로하신 시아버님 모시고 병 수발하랴, 우리 집안에 대·소사를 잘 꾸려줘서 정말 고맙소. 그러고 보니 지금까지 당신에게 고맙다는 말 제대로 한 적이 한 번도 없는 것 같구려. 지금껏 우리 가정을 위하여 헌신하며 착하게 살아준 당신에게 너무나 고맙고 감사한 마음 무엇이라고 표현할 길이 없습니다. 이 세상에서 가장 똑똑하고 알뜰한 당신을 믿고 모든 집안일을 맡길 수 있어서 나는 직장 일만을 열심히 할 수 있었음은 오로지 당신이 있었기에 가능했던 것이었지요.

당신의 이마와 눈가에 주름이 늘어가는 것을 보면서 내 마음이 한없이 아프답니다. 만약 다른 여자가 우리 집에 시집을 왔더라면 과연 그 엄청난 집안일을 감당해낼 수 있었을까 하는 의아심이 듭니다. 그동안 너무 많은 짐만 지워준 이 못난 남편을 용서해 주시구려. 지금 와서 생각해 보면 고마운 마음과 미안한 마음에 고개가 숙여집니다. 여보! 정말 당신은 나에게 너무나 과분한 사람이었소. 내가 당신에게 무엇 하나 잘해 준 게 아무것도 없군요.

내가 퇴직해서 5년 정도가 되었을 무렵인데도 세상을 너무나 몰라서 일생일대에 큰 시련을 겪게 되었지요. 퇴직 전에 당신이 근검절약해서 알뜰하게 저축한 자본금으로 생활용품 등을 취급하는 사업을 하다가 희대의 사기꾼에게 완전히 당한 것은 당신도 잘 알고 있습니다. 그래서 생활이 어려워진 당신은 남의 과수원이나 밭에서 감귤 따는 일에서부터 밭농사 일까지 어렵고 힘든 일을 하면서도 지치고 괴롭다는 내색도 하지 않으며 살아왔어요. 그런 당신에게 진실로 고맙고 미안한 마음 금할 길이 없습니다.

여기서 류을혁 시인의 "내 사랑 당신"이란 시 구절 일부가 가슴에 와닿는다.

"당신이 없었으면 어쩔 뻔했어/ 삭막한 세상 서글퍼서 어쩔 뻔했어/ 하늘이 내게 주신 인연은 오직 당신뿐/ 그 인연 없었으면 어쩔 뻔했어/ 삭막한 세상 나 혼자서 어쩔 뻔했어."

여보! 그 많은 세월을 정신없이 고달프게 살아온 사랑하는 당신! 우리 가정이 가난하지만, 화목하고 행복하게 지낼 수 있었던 것은 그 기나긴 세월 동안 힘들고 어려운 일을 하면서도 묵묵히 참으면서 살아주었고, 그 흔한 짜증 한번 내는 일 없이 나를 믿고 살아 준 당신이 있었기 가능했습니다. 그런데 여보! 이제는 짜증 나는 일이 있으면 짜증을 내시구려. 맘에 품고 있으면 병이 된다고 하니 앞으로는 어디 맘껏 짜증 한번 부려 보시구려. 내가 모두 다 받아 주리다. 여보! 받아주고 말고요.

　나이가 드는 것일까요. 요즈음에 와서 나는 부부란 무엇인가에 대하여 생각해 보곤 합니다. 남편과 아내는 살아가면서 실패와 실수를 지적하는 것이 아니라 실패와 실수를 덮어 주는 데에 있다고 합니다. 삶에 힘겨워하는 반쪽이 축 처진 어깨를 나머지 반쪽이 주는 격려의 말 한마디는 행복한 가정을 지탱하는 든든한 기둥이 된다고 합니다. 부부는 서로 경쟁하는 관계가 아니고 서로 존중하는 동반자 관계입니다. 부부간에는 좋은 말은 백 마디를 해도 좋지만 헐뜯는 말은 한 마디만 해도 가정에 큰 해로움이 됩니다. 부모의 삶의 모습은 자녀들의 행복한 미래의 생활에 유익한 교육이 되리라고 봅니다.

아내와 벚꽃나무 아래서

당신은 이 세상에 하나밖에 없는 나의 사랑하는 아내입니다. 아내가 편안해야 가정이 편안하다는 것을 압니다. 아내가 따뜻한 마음을 가지면 부부 사이도 좋아지고 자식들 또한 그를 본받으니 모두가 편안해집니다. 아무리 좋은 환경이라고 하더라도 아내의 이해와 아량이 부족하다면 집안에는 냉기가 돌 것입니다. '사랑한다' '보고 싶다' '고맙다' '미안하다'라는 말 정말 좋은 말입니다. 앞으로는 이런 사랑의 말을 많이 하면서 살려고 합니다.

여보! 당신이 어깨가 결린다면 어깨 시원하게 주물러주고 파스도 붙여 주겠습니다. 또한, 등이 가렵다면 가려운 곳을 찾아서 긁어 드리리다. 당신이 외출할 때엔 휴대전화는 챙기고 가는지, 매일 복용하는 협심증약은 잊어버리지 않았는지 서로의 모자라는 부분을 채워 가며 그렇게 우리 남은 황혼 인생을 아름답게 그리고 즐겁고 사이좋게 살아가야지 않겠습니까. 여보!!

당신의 남편 드림

아름다운 동해안과 영릉

　늦은 봄 온화한 좋은 날을 택하여 대한 노인회 제주도연합회 노인대학원 제10기 동창 30여 명이 우리나라 동해안을 관광하기 위하여 청주행 비행기에 탑승하고 가슴 설레는 마음으로 출발하였다.

　먼저 조선시대의 가장 위대한 세종대왕릉으로 갔다. 경기도 여주군 능서면 왕대리에 소재하는 세종대왕(영릉)릉은 성군의 위대한 업적을 기리는 방문객이 끊이지 않는 성스러운 곳이다. 세종은 조선의 제4대 왕으로서 32년간 재위하였다. 세종대왕릉은 세종과 왕비 인현왕후를 합장한 능이다. 대왕은 한글을 창제하고 측우기와 혼천의 등 과학기구를 발명했으며 아악을 정립하고 북방과 대마도를 정벌하여 국방을 튼튼히 하였다. 학문을 숭상하여 학자를 기르고 농업을 장려하면서 백성을 사랑한 성군이시다.

　왕릉은 크게 3권역으로 나뉜다. 죽은 이의 영혼이 머무는 묘역, 죽은 자와 산 자가 만나는 제사를 지내는 집, 묘역을 관리하고 제사를 준비하는 사람들이 기거하는 제실로 구분된다. 안으로 들어가니 세종전이 방문객을 맞이한다. 세종의 주요한 업적을 모형과 그림 또는 자료의 형태로 전시하고 있는 곳이다. 어렸을 때 배운 훈민

정음 이제 어른이 되어 그 자료를 보니 그 당시 어떻게 우리글을 창제했는지 새삼 대왕의 어진 앞에 저절로 고개가 숙여진다. 왕릉 안으로 들어서니 잔디광장과 영릉이 보인다. 오른쪽 계단을 따라 능으로 오른다. 능은 병풍석을 두르지 않고 난간석만 두른 합장릉이다. 상석이 두 개 놓여 있어서 합장릉임을 알 수 있었다. 엄밀히 말해서 앞의 상석은 혼유석(魂遊石)이다. 즉 혼을 불러내는 자리라고 한다. 능의 중앙에는 팔각의 장명등이 있으며 각종 문인석, 무인석, 망주석, 동물석 등 석물이 잘 배치되어 있다. 뒤에는 숲이 우거지고 앞쪽은 잔디광장으로 전망이 매우 좋다. 당국에서는 영릉을 성역화 사업으로 잘 정비해 놓았다. 넓은 주차장이 있고 솔 향기 가득 풍기는 나무숲이 있어 가족 나들이에 정말 좋을 것 같다. 먹고 즐기는 것도 좋겠지만 하루쯤은 경건한 마음으로 우리 선조들의 업적과 얼을 되새겨보는 것도 매우 뜻깊은 일이다.

다음에는 겨레의 어머니와 겨레의 스승이 태어난 성지 강릉 오죽헌을 보기로 했다. 수많은 사람이 살다가 돌아가시지만, 우리나라 만년 역사에서 현재 사용하고 있는 화폐 중에 오천 원권과 오만 원권 화폐의 주인공이 두 분이 계시는 곳이 오죽헌이다. 오죽헌에는 처음 온 것은 아니나 옛날 와 봤던 오죽헌은 아니었다. 규모가 엄청 넓어지고 웅장하여 다 돌아볼 수조차 없었지만, 신사임당과 율곡 이이가 태어난 곳이 오죽헌으로 으뜸가는 명소이다. 율곡 이이는 과거시험에 9번이나 모두 장원급제 한 인물이며 조선 성리학을 구축한 기호학파의 대표이시다. 검은콩이 바다에서 집으로 날아 들어오는 꿈을 태몽으로 꾸었다고 한다. 오죽헌은 집 주위에 검은 대

나무가 많아서 지금도 오죽헌이라 불린다. 율곡 이이 동상 앞에 쓰인 견득사의(見得思義)라는 글은 "이익을 보거든 옳은 것인가를 생각하라"라는 가르침으로 우리 공직자들을 생각하게 하는 좋은 글로써 살아가면서 이익을 볼 때 무엇을 먼저 생각해 봐야 하는지 많은 생각을 하게 하는 말씀이다. 또한, 예언자적 능력도 뛰어나 임진왜란을 미리 예견하고 10만 양병설을 주장하시었다. 다시 한번 나의 머리를 숙여지게 한다. 이번에 오죽헌을 보니 사임당의 빛의 일기가 또 하나의 명소로 많은 관광객에게 감동을 안겨주고 있으며 나는 금번 오죽헌 여행으로 심신을 깨우치고 돌아가야겠다.

다음에는 강릉에서 삼척 구간을 바다를 바라보며 기차로 동해안을 달리는 바다열차를 타기로 했다. 동해안 수평선을 바라보며 기차여행을 할 수 있는 바다열차가 운행되고 있었다. 바다 열차는 하루 세 번씩 이 구간을 왕복 운행하고 있다. 열차는 이 구간을 오가면서 정동진, 묵호, 동해, 추암, 삼척해변역 등 동해안 절경을 자랑하며 운행하고 있다. 이 바다열차의 모든 좌석이 바다를 바라볼 수 있도록 배치됐다. 창문도 일반 열차보다. 큼지막해 동해안 풍경을 바라보기에 충분하다. 바다열차의 모든 좌석은 바다 쪽을 향하고 있다. 달리는 열차 속에서 바다를 보니 가슴속이 확 트이는 것 같다. 주위가 너무 떠들며 재미있게 구경하느라고 안내방송이 잘 들리지 않았다. 강릉에서 출발 삼척까지 58km의 해안선을 끼고 달리는 바다열차의 차창에서는 동해의 푸른 파도가 넘실거리고 드넓은 백사장이 한눈에 들어오고 있다. 이곳 기차역 중 정동진역은 바다와 육지가 제일 가까운 역으로 기네스북에 올라있다고 한다.

　다음은 마지막으로 2010년 유네스코 세계문화유산으로 등재된 경주의 양동마을로 갔다. 양동마을은 조선시대 전통문화와 자연을 고스란히 간직하고 있는 한국 최대 규모의 마을로 월성손씨와 여강 이씨에 의해 형성된 마을이다. 마을 전체가 문화재로 지정되었는데 규모 및 보존상태 문화재의 수와 전통성 그리고 자연환경과 때 묻지 않은 향토성 등 볼거리가 많아 1993년 영국의 찰스 황태자도 이곳을 다녀갔다고 한다. 양동마을은 500여 년의 전통의 향기를 품은 총 160여 호의 고가옥과 초가집들이 우거진 숲과 함께 펼쳐져 있다. 200년 이상 된 고가도 54호가 보존되어 있어 조선 중기 이후의 다양하고 특색 있는 전통가옥 구조를 한눈에 볼 수 있다. 양동마을의 가장 큰 매력은 아름다운 자연과 고건축물의 절묘한 조화에 있다고 한다. 이 마을의 모든 가옥에는 실제 사람들이 살고 있어 살아 숨 쉬는 박물관인 셈이다. 마을을 둘러볼 때는 집 안에 살고 있는 분들에게 폐가 되지 않도록 배려한다면 문화인으로서 예의가 될 것이라는 생각을 했다.

아름다운 서귀포 기행

어느 여름날 화창한 날을 택하여 노인들 몇이서 최남단에 위치한 서귀포시 올레길 코스를 걷기 위하여 가슴 설레며 아름다운 제7코스를 시작으로 걷기에 나섰다. 이곳 제7코스에서 제1경은 당연히 외돌게이다. 한라산의 화산 활동과 오랜 풍화작용으로 빚어낸 기암절벽과 바다에 20여m 높이로 우뚝 솟은 바위는 언제나 탄성을 자아내고 있는 곳이기도 하다.

다음으로는 황우지 선녀탕으로 내려가는 계단이 있다. 황우지는 원래 무지개의 제주방언인 황우지로 불리었다고 한다. 동그란 무지개 형태로 수면 위로 노출된 바위가 마치 수영장처럼 바닷물이 밀물과 썰물이 흐름에 따라 자연스럽게 천연 수영장을 만들었다고 생각한다. 옛날 사람들은 선녀들이 무지개를 타고 내려와서 목욕을 한다고 해서 이곳을 황우지 선녀탕이라 불렀다고 한다. 가파른 계단을 내려가다 보면 하늘과 바다가 맞닿은 곳에 그림같이 빚어진 황우지 선녀탕의 풍경이 시원하게 펼쳐진다. 여행 온 관광객들이 황우지 선녀탕에서 구명조끼를 입고 물놀이를 하고 있다. 개인 장비만 있으면 얼마든지 물놀이를 즐길 수 있다. 제대로 된 샤워 시설 등이 없다는 게 문제라고 생각한다.

서귀포 곳곳에는 용천수를 가두어 놓은 수영장이 있다. 이런 수 영장은 물질을 마친 해녀들이 몸을 씻거나 여인들이 단체로 빨래를 하던 곳이었다. 이곳들은 바닷가지만 민물 수영장이고 수심도 깊지 않아서 어린이들을 데리고 물놀이를 즐기기에 적당하다. 그냥 꼬마 들이 몸을 씻거나 바닷게나 보말 등을 잡으며 노는 곳이기도 하다. 이곳 동네 사람들에게는 언제나 삶의 현장이다. 인파가 줄어들면 할머니들이 와서 머리를 감거나 빨래를 하기도 한다.

다음에는 강정동 강정천에는 이 지역 주민들이 운영하는 일종의 물놀이 식당이 있다. 이곳 속골은 지역인들만 찾는 곳이었는데 방 송에서 한 번 소개되면서부터 유명세를 치르고 있다고 한다. 일 년 내내 물이 콸콸 내려가고 발목 위를 흘러가는 얼음장 계곡물에 발 을 담글 수 있는 간이 테이블과 평상 등이 놓여있다. 몸은 계곡물에 담그고 있는데 눈앞에는 서귀포의 아름다운 바다와 범섬 등의 풍경 이 손에 닿을 듯 가까이 펼쳐져 있다. 이곳에서는 평상을 깔고 음식 과 술을 주문해서 먹으며 물놀이를 즐길 수 있다. 강정천은 동네 주 민들이 은어를 잡아 구워 먹던 하천이다. 1급수에서만 산다는 은어 튀김이 별미로 알려졌다. 취미와 솜씨가 있다면 강정천 은어잡이에 도전해 봄도 좋을 듯하다.

이 밖에도 돈내코와 솜반천 등이 유명세가 있는 계곡 물놀이터로 알려졌다. 한라산을 타고 내려오는 찬물에 발을 담그면 한여름에도 오한이 느낄 정도이다. 멧돼지가 물을 마시던 곳이라는 뜻인 돈네코라고 불렸다. 숲 향기 풍기는 원시림 속에서 한라산의 정취와 함께 물놀이를 할 수 있어 이곳 주민들에게도 인기가 높다고 한다. 솜반천 옆으로 발목 깊이의 수로가 조성돼 있어 피서객이 언제나 북적이는 곳으로 이 동네의 물놀이 명소이다.

다음에는 소가 누워있는 형태라 하여 쇠둔이라는 지명이었는데 효돈천이 흐르는 담수와 해수가 만나 웅덩이를 만들어 쇠소깍이라고 불려지고 있다. 국가지정문화제 명승 제78호로 지정되었다. 올래길 제6코스 시작점으로 한때는 다양한 수상레저 체험을 하여 관광객들이 북적였던 곳이다. 지금은 수상레저 사업이 중단되어 관광객들이 많이 끊긴 상태로 한적하다.

마지막으로 대평마을은 바다와 한라산 그리고 최남단 마라도 가파도 등은 제주 올레길 제8코스에 해당하는 대표 관광지인 산방산 마라도 등을 이곳 한자리에서 그 경관을 느낄 수 있는 곳이며 펜션과 게스트하우스가 성업 중이라고 한다. 이색카페가 성업 중이고 맛집 탐방 재미도 느낄 수 있다. 시원한 바닷바람을 맞으면서 올레길을 걷고 제주를 느낄 수 있는 마을이다. 청보리밭 등 사계절 내내 푸름을 유지하는 곳으로서 앞으로는 시원한 바다가 있고 뒤로는 한라산 전망을 자랑하는 마을이다.

이렇게 여러 곳을 돌아다녔지만 다닐 곳이 더 많이 남았다. 성산일출봉은 해돋이 명소이고 섭지코지는 드라마 촬영지로 알려지면서 명소로 각광을 받고 있다. 유채꽃은 매해 마다 축제가 열리고 있다. 옛날은 제주도 차원에서 축제를 개최해왔는데 몇 해 전부터 가시리에서 마을 주최로 열린다고 한다. 성산일출봉을 배경으로 유채꽃을 담는 명소가 동부에 있다면 서부에는 산방산을 배경으로 근사하게 유채꽃을 담을 수 있는 곳으로 많은 관광객들의 사랑을 받고 있기도 하다.

아쉬웠던 나의 걸음

　젊었을 때부터 나의 반평생을 유지하여 오던 모임이 있었는데 며칠 전에 눈물을 글썽이며 아쉽게 종결을 짓고 말았다. 70대 노인들로 구성된 조그만 모임으로 1979년 3월에 발기총회를 가지고 2015년 1월까지 만 36년 동안 어려운 여건에도 오랜 세월 용케도 유지하여 왔다.

　본 회원들은 그 어려운 일제 말엽에 가난한 농군의 집안에서 태어나 어려운 환경 속에서 남들과 같이 배우지도 못하였다. 그 상황에서 무엇이든 배우겠다는 일념으로 시 어느 야간학교에서 만난 불우한 교우들로서 오늘의 고락을 딛고 내일을 위해 같이 매진하자 하였다. 기쁜 일이나 어려운 일이 생기면 서로 도우며 이 험한 세상을 함께 살아가자고 뜻을 모았던 것이다.

　그렇게 오래도록 세월은 유수와 같이 흘러서 젊었을 때 구성된 회원들의 검은 머리가 백발이 성성하였다. 돌이켜보건대 그동안 여러 가지로 회를 유지하는 데 반하는 일이 있었지만, 회원들이 나이가 많아 노망은 아니라 해도 주사를 하는 등 그에 준하는 안타까운 상황이 연이어 발생하였다. 회원들의 몸도 자유롭게 움직일 수도 없는 상황이 되어서 회를 이제 그만 운영하고 해산할 것에 대하여 논의한 결과 아쉽지만, 본회를 만장일치로 해산키로 결의하였다. 그렇게 결의한 후 어느 회원은 "오늘 해산은 하고 있지만, 전이나 다름없이 연락도 하면서 살아가자"라는 좋은 제안을 하여 박수를 받았다.

나는 본 회를 발기하고 당시 총무로서 회무를 희생정신으로 수행하였다. 그동안 회장은 여러 번 교체가 되었으나 총무는 단 세 사람이 번갈아 가며 회무를 담당하였는데 나는 초창기에 6년, 마지막에 6년 총 12년을 담당하였다. 내가 본 회를 만들고 해산하는 일을 내 손으로 한 것만 같아 정말로 가슴이 미어지고 아프다. 그동안 회를 운영하는 사이에 담임선생님을 위시하여 회원 두 분이 유명을 달리하시었다. 이분들에게 살아계실 때 무엇 하나 잘해드린 게 없어 너무아쉽고 착잡한 마음 금할 길이 없다. 선생님은 배움에 한이 된 회원들에게 배움의 길을 열어주시고 본회 발전을 위하여 많은 후원을 해주시었으며, 두 분 회원님도 본회 발전을 위하여 음으로 양으로 많은 공헌을 하였기에 이분들께도 진심으로 고마운 말씀을 드린다.

무엇하나 한 일 없이 언제 이렇게 내가 나이를 먹었나 하고 생각을 해본다. 거울 앞에 있는 사람은 70대 노인이 분명하다. 이렇게 나이를 먹고 보니 어려운 이웃을 위하여 도움이 되는 좋은 일을 많이 해야겠다는 생각이 들었다. 이보다 더 늙으면 몸이 말을 안 들어서 좋은 일을 하고 싶어도 할 수가 없게 될 것이다. 자신의 삶에 욕심 하나를 줄여서 우리 이웃을 돕는 데 쓴다면 그들은 받아서 좋고 나는 베풀어서 좋고 그보다 더 값지고 보람된 삶이 없으리라. 노후에 존경받는 길은 이웃에 작은 것이라도 베풀려고 하는 데서 얻을 수 있지 않겠는가.

제4부

어느 착한 며느리의 효심

앞으로 살날이 얼마일까

　나는 지금 70대 중반을 살아가고 있는 노인이다. 요즘은 평균 수명이 늘다 보니 노인 문제가 심각하다. 젊은 사람들 대부분이 부모 모시기를 힘들어하고 귀찮다고 한다. 이런 젊은이들의 행동은 자식을 왕자, 공주로 키운 부모에게 큰 책임이 있다고 본다. 자식 비위 맞추기에 혼신을 다한 부모는 결국엔 자식들의 하인이 될 수밖에 없을 것이다. 자라면서 부모 공양법을 모르고 대접받는 법만 배운 아이가 어른이 되어 어찌 부모 모실 생각을 하겠는가. 그래서 요즘 노인들이 하는 이야기가 있다. "제대로 가르치지 못한 자식이 효자 된다."

　부모는 훗날을 위해 자식들에게 모든 것을 다 바쳐서 뒷바라지한다. 아들은 가문의 영광이고 기둥이라고 생각하면서! 하지만 그 기둥이 부모를 배신하는 지상 보도를 접하면서 가슴이 아프다. 대접만 받은 자식은 부모 모시는 법을 안 배웠으니 부모 공양이 안 되는 것이다. 부모는 자식의 적성을 봐 가면서 힘대로 키우고 노후의 내 몫은 꼭 챙겨야 한다는 사실을 잊어서는 안 될 것이다. 부모는 자식을 왕자, 공주로 키운 죄로 그 책임을 질 수밖에 없다. 고사성어에

까마귀도 어미가 늙어 힘 못 쓰면 먹이를 물어다 준다는 '반포지효(反哺之孝)'라는 말이 있다.

내 자식을 훌륭히 잘되라고 힘든 일 하며 가르친 후에 남는 것이 빈손이라면 부모는 큰 죄를 졌다고 생각한다. 무슨 죄냐면 그것은 자식 집에 가보면 답이 있다. 며느리와 손자들이 늙은 노인을 좋아할 리가 있겠는가. 밥 한 끼 얻어먹는 것도 눈총 속에, 아이들 공부하는 데 방해된다고 골방에, 차라리 못 가르친 놈하고 윽박지르며 싸우는 편이 더 인간답다는 것을 알아야지 않겠는가.

이런 세상에서 부모인 노인들도 눈물만 흘릴 게 아니라 무엇인가 해야 할 일을 찾아 나서야겠다. 하루하루를 그냥 보내지 말고 하루 계획을 세우고 열심히 살려고 노력하는 자세가 중요하다. 컴퓨터나 외국어를 배우러 다니면서 칠십이 넘어도 인생은 계속해서 할 일이 많이 있다는 것을 다시 한번 느끼곤 한다. 그리고 끊임없이 배운다면 행복은 계속해서 우리를 따라온다는 생각이다.

노인들은 젊은 사람들에게 어르신이라는 말을 듣기에 부끄럽지 않아야 한다. 어르신이라면 인격이 쌓여 남에게 모범이 되는 존중하는 뜻이 포함되어 있다. 더욱 겸손하고 현명한 삶을 젊은 사람들에게 보여주어야 하고 생각이 깊은 사람이라는 느낌을 줄 수 있어야 하겠다. 아름다운 노년을 보내기 위해서 무엇이든지 열심히 배우려는 자세를 가져야 한다. 바로 이런 모습을 갖춘다면 우리의 노년이 한결 아름답지 않겠는가.

지금은 시대가 많이 변해서 노인들도 여러 가지로 많은 활동을 한다. 요양원에 봉사활동을 간다든지 또는 오름과 해안가로 환경정비 활동을 하러 나간다. 이렇게 활동을 통해 삶의 보람을 찾는 노인들이 우리 주변에 많이 있는 것을 볼 수 있다. 박자가 맞아야 좋은 음악이듯이 인생도 박자가 잘 맞아야 한다. 우선 건강이라는 박자가 가장 중요하다. 건강이 무너지면 아무것도 할 수가 없는 것이다. 젊은 날에 몸 관리를 잘했더라면 지금보다 더 건강했을 것이다. 하지만 지난날을 후회하기보다는 현재보다 더 나빠지지 않게 신경 쓰면서 살아가야겠다. 그리고 더 나아가 경제적으로 여유가 된다면 국내외 여행도 하면서 살았으면 좋겠다.

이 시대가 핵가족화로 인한 소외감 등은 노인들이 해결해야 할 숙제이다. 취미로 마음만 먹으면 컴퓨터, 가요, 댄스 등을 배운다든지 지역사회 봉사활동에 참여한다면 고독함이나 우울증은 자연스럽게 멀어질 수 있을 것이다. 내게 남은 인생이 얼마나 될지 그것은 아무도 모른다. 하지만 남은 인생을 아름답고 보람 있게 보내고 싶은 마음은 모두가 같을 것이다. 젊음은 좋은 것이지만 노년의 지혜를 따라올 수는 없다.

노년은 기력이 약해진 것이지 정신적으로는 더 원숙한 상태라고 본다. 늙었다고 탓하지 말고 남은 인생을 존경받는 모습으로 살아가기 위해 자신의 인생 설계를 만들어야 한다. 그리고 무엇이든지 열심히 배우려고 노력하는 자세를 견지한다면 아름다운 노년은 저절로 만들어질 것이다. 내 남은 삶이 길지 않으니 이 세상을 더욱 소중한 마음으로 살아가야지 않겠는가.

어느 착한 며느리의 효심

아침 식사를 마치고 주방에서 설거지를 하고 있는 며느리가 있었다. 오늘도 아침 출근을 하고 있는 아들에게 80대의 할아버지는 용돈 삼만 원만 주고 가라고 말했다. 아들은 "없어요"하고 그냥 나가 버렸다. 늙은 아버지는 이웃 노인들과 어울리며 얻어만 먹어서 오늘은 소주라도 한 잔씩 갚으려고 하였다.

설거지를 하다가 부자간의 대화를 듣고 한참 무엇을 생각하더니 밖으로 달려나갔다. 버스를 막 타려는 남편을 불러 세워 숨찬 소리로 손을 내밀며 "여보 돈 좀 주고 가요" "뭐 하게?" "애들 옷도 사야 하고 여고 동창 계모임도 가 봐야 해요" 안주머니에서 몇 만 원 가량을 꺼내 헤아리며 점심값, 대포값이 어쩌고저쩌고하는 것을 몽땅 빼앗아 차비만 주고 집으로 돌아왔다. 시아버지께 그 돈을 몽땅 드리며 "아버님 이 돈으로 친구들과 소주도 사 잡수시고 대공원에도 가시고 바람도 쐬고 오세요" 눈물이 쏟아지려는 시아버지는 며느리가 고마워서 말을 잊은 채 어떻게 할지 모르는 표정으로 한참을 서 계셨다.

그날 저녁 남편이 퇴근하고 돌아와서는 "왜 애들 얼굴에 구정물이 흐르고 더러우냐?"고 물었다. 그 다음날도 애들 꼴이 더러워져 가고 있었다. 애들이 거지꼴로 변해 갔다. 남편은 화를 내며 "당신은 하루 종일 뭘 하기에 애들 꼴을 저 모양으로 만들어 놓았소? 남편의 화난 소리에 아내도 화난 목소리로

"저 애들을 곱게 키워 봐야 당신이 아버지께 냉정히 돈 삼만 원을 거절했듯이 우리가 늙어서 삼만 원 달래도 안 줄 거 아니에요? 당신은 뭣 때문에 애들을 깨끗이 키우려고 해요?" 가슴을 찌르는 아내 말에 무엇인가를 느낀 남편은 고개를 떨구고는 아버지의 방문을 열었다. 늙은 아버지는 아들의 무정함을 잊은 채 "회사 일이 고되지 않으냐? 환절기가 되었으니 감기 조심하고 차 조심해야 한다."고 어린애처럼 타이르고 있다. 아버지의 더없는 사랑에 아들은 그만 엎드려 엉엉 울고 말았다.

독일 속담에 "한 아버지는 열 아들을 키울 수 있으나 열 아들은 한 아버지를 봉양하기 어렵다"라는 말이 있다. 자식이 배부르고 따뜻한가를 늘 부모는 묻지만, 부모의 배고프고 아프고 추운 것을 자식들은 잘 알지 못한다. 자식들의 효성이 지극하다 해도 부모의 사랑에는 미치지 못한다. 우리는 부모가 짐이 되고 효가 귀찮게 생각되는 요즘 세상에 살고 있는 것은 아닌지 돌아볼 일이다. 효는 자고로 "가족을 하나로 묶는 밧줄"과 같은 것임을 잊어서는 안 된다고 생각을 했다.

효도는 인간이 태어나 성숙한 인간이 되어서 근본을 잊지 않고 그 은혜를 갚는 천지보은(天地報恩) 정신에서 나온다. 옛 고서에 "만물의 근본은 하늘에 있고 인간의 근본은 조상"이라고 했다. 우리 민

족은 고대 이래로 동방예의지국이라고 한다. 국어사전에도 효의 뜻은 "부모를 잘 섬기는 일"이라고 했다. 효도의 대상은 부모뿐만 아니라 부모를 낳아 주신 조부모도 잘 모셔야 하고 그 위의 조상님도 잘 모셔야 한다. 그러므로 조상님의 제사도 잘 모시고 선령님들의 묘소도 잘 관리하는 것도 효도에 포함된다. 따라서 효도란 "자연의 순리에 순응하고 인간 윤리에 거스르지 않고 조상님과 부모를 잘 섬기며 형제 친척 간에 우애하는 것"이라 할 것이다. 핵가족 시대인 오늘날 우리의 현실을 보면 다양한 사건 사고에 비통함을 글할 길이 없다. 또한 인간 생명의 존엄성 파괴와 부모 형제들이 돈 때문에 벌어지는 사건들, 부부간에 살인사건, 부모를 살해하는가 하면 자살 사건 등 부끄러운 사건들이 날마다 일어나고 있다.

특히 핵가족 시대에 자녀교육에 대한 바른 교육이 시급하다고 본다. 인간이 도덕적이고 의로운 인간이 되어야 국가와 민족에 충성하고 부모에 효도하는 근본을 알게 된다고 생각한다. 옛 속담에 "새 살 버릇이 여든까지 간다"라는 말은 가정교육에 대한 절실한 필요성을 강조한 것이다. 현대인들은 물질 만능의 시대에 돈이 최고라는 의식이 팽배하다. 인간의 고귀함과 존엄성은 땅에 떨어졌다.

이제는 인간의 고귀한 존엄성과 효도란 무엇인가에 대한 교육이 시급하며 부모님의 은혜에 대해 효도교육을 하는 국가정책이 있어야 한다고 생각한다. 지금 나는 어떤 자식인가? 우리의 조상과 선령, 부모님께 효도하고 경로사상과 밝은 가정, 밝은 사회를 이루는 데 심혈을 기울여 우리나라가 21세기의 세계 최고의 도덕적인 사회가 되기를 바라는 마음이다. 효는 한갓 가정윤리가 아니라 나 자신은 물론 이 지상의 인류가 흥하고 망하는 대우주의 질서인 것이다. 이제 우리는 그동안 부모님을 원망하고 미워해 온 바가 있다면 원망과 미움을 다 놓아 버리고 부모님께 참된 효자 효녀로 거듭 태어나서 감사의 인사를 올려야지 않을까!

어머니의 사랑

"어머니!" 목이 메어 불러 봐도 저 먼 곳으로 떠나신 그 모습 흐릿하기만 하다. 어머니 모습 그리워 밤마다 베갯잇 적신 그 세월이 얼마인지… 배 속에 열 달을 품어주시고 길러주신 은혜 이제 알지만, 눈물 흘리며 울어 봐도 때늦은 후회다. 부모불효사후회(父母不孝 死後悔)라는 주자십회(朱子十悔)의 글귀가 생각난다. 살아생전 효도 다하지 않으면 돌아가신 후에 후회한들 무슨 소용 있으리오!

57년 전 이 세상을 떠나보낸 어머님을 오래간만에 불러본다. 어머니를 떠 올릴 때마다 눈시울이 뜨거워진다. 어머니라는 말 너무 좋고 눈을 적실 정도로 정겨운 말이다. 이 세상에 태어나서 어머니의 사랑을 받지 않고 자란 사람은 많지 않을 것이다. 그렇게 어머님은 자혜의 존재다. 제아무리 부족하고 못난 어머니라도 그 자식만은 어머니를 향하여 간절한 그리움을 담고 있으리라. 그것은 인간의 본능이기도 하다.

내 어머니는 가난한 농촌에서 농부의 외동딸로 태어났다. 그때는 일제의 직간접적인 강압이 서서히 고개를 들기 시작하던 때라 모든 생활이 자유롭지도 못했고 빈농의 딸로서 먹을 것이 없어 허덕이며 살았다. 그러니 여성들이 공부인들 할 수 있었겠는가. 가사와 농사 일을 도우며 살다가 가난한 농부의 아내가 되었다. 그러나 배우지도 못하고 여러 가지로 능력이 모자라서 남편의 뜻에 따라서 모든 일을 하였으며 아이들도 키웠다.

너나없이 넘기가 어려웠던 춘궁기, 보릿고개에는 보리밥도 먹기 어려워 밀 겨로 범벅을 해 먹으면서도 온종일 밭에 나가 일을 했다. 그런가 하면 한라산 중턱까지 올라가서 썩은 나무, 솔잎, 억새 같은 땔감 구하는 일을 하며 억척스럽게 살았다. 언제나 어린 자식들 먹이고 입힐 것을 생각하며 제대로 밤잠도 못 이루고 허구한 날 걱정으로 밤을 지새웠다. 정말이지 어머니의 일생은 바람 잘 날이 없는 눈물과 고난과 상처투성이의 세월이었다. 그런 어머니를 보며 생활하는 나는 늘 마음이 편치 않았다. 어떻게 하면 효도하며 사람답게 살아 볼 수 있을까를 생각하면 목이 메었다.

내 나이 열여덟 되던 해에 그 꿈을 이루기 위해 가출을 하였다. 낯선 서울에 가서 식당일 등 잡다한 일을 하였다. 그러나 인내력이 부족한 나는 한계를 절감하고 2개월 만에 의지할 데 없는 도시의 방황을 접고서 고향 집으로 돌아왔다. 부끄럽고 창피했다. 고개를 숙이고 집에 들어섰을 때 어머님은 몸이 아파 누워계시었다. 그런 어머님께서 방에 들어서는 나를 보고는 벌떡 일어나 나를 안고 한참을 우셨다. "얼마나 고생했느냐?"면서 애틋한 눈빛을 보내시던 어머님의 모습이 어제 일처럼 되살아난다.

한 번도 편안하게 모시지 못했던 내 어머님, 모진 병마로 시달렸지만 제대로 병원에 가서 진찰 한 번도 못 해 드렸던 불효의 죄가 내

가슴을 친다. 돌아가시기 얼마 전 보건소에 가서 진찰하고 위 사진을 찍으려 했으나 촬영기 앞에서 제대로 몸을 가누지 못해 찍지도 못하고 그대로 집으로 돌아오고 말았다. 내 힘으로는 어떠한 조치도 취할 수 없음이 너무 절망스럽고 자신이 한없이 증오스러웠다.

1962년 5월 초 만 3년간 군 복무를 마치고 제대를 하였는데, 애타게 나를 기다리셨던지 바로 그해 12월에 눈을 감으셨다. 돌아가시는 그날까지 치료 한번 제대로 해보지 못하시고 효도 한 번 해드리지 못한 이 불효자식 어찌하면 좋을까, 그 어렵고 고된 세월을 아들 걱정, 집안 걱정만 하며 한평생을 사시다가 눈도 제대로 감지 못한 채 돌아가신 어머니, 어머님이 주시는 벌 달게 받고자 하오니 많이 꾸짖으시고 꾸짖음이 다하시면 용서도 하여 주시리라 믿고 싶다.

이제는 그 누구를 향해서 아름답고 다정한 어머니란 이름을 불러볼 수 있을 것인가, 꿈속에서라도 뵙고 싶어 꿈을 꾸려 하였으나 꾸어지지 않는 꿈을 어찌한단 말인가.

이 세상 모든 사람들이 그 뭐라고 얕보더라도 내게는 어머니만큼 소중하고 소중한 분은 이 세상에 아무도 없다고 생각한다. 어머니! 하고 부르기만 해도 내 가슴이 뭉클해 온다.

어머니! 어머니! 천만 번을 불러본다. 그러나 야윈 내 가슴에 메아리만 남는다. 어머니라 부르며 그 품속으로 달려가고 싶다. 그러나 다시는 볼 수도 없으니, 이래서 인생을 허무하다고 하는 것일까.

어머니! 대답 없는 어머니를 다시 한번 불러본다. 이 순간 어머님이 정말 보고 싶고 그립다. 심신이 고단하고 피곤하신 것 다 무릅쓰고 한세상 사셨던 사랑하는 나의 어머니! 이제 모든 근심 걱정 다 내려놓으시고 편히 쉬시고, 고이 잠드소서. 흐르는 세월 속에서도 언제나 변하지 않는 어머님의 사랑을 되 세기며………!

어버이 은혜를 저버리지 말라

이제 팔순이 넘는 나이에 35년 전 돌아가신 아버지의 모습을 그려본다. 아버지께서 40세 되던 해에 장남인 내가 태어났다. 당시는 일제 강점기이고 세상 살기가 어려운지라 중산 촌에서 살다가 해변으로 거주지를 옮겨서 살고 있었다. 광복 후 3년쯤 됐을 때는 인명과 재산 피해가 많았던 제주 4·3사건이 일어났고 참으로 힘들고 어려운 시대였다. 아버지는 남과 같이 학문을 배울 기회는 없었으나 머리가 매우 영특하시어 한 번 듣거나 본 것은 잊어버리지 않으셨다. 특히 일상에서 쓰는 한자는 거의 읽을 수 있어 무엇이든 알고 이해하며 사셨다.

어머니는 아버지께서 62세 때에 돌아가셨지만 새어머니를 모셔오도록 권유하였으나 내가 얼마나 살겠느냐며 귀신만 하나 더 만들어 놓으면 자식들만 짐이 된다고 하시며 극구 거절하셨다. 어머니 없이 20년 이상을 홀로 사시다 돌아가셨다. 아버지는 그렇게 곧은 성격의 소유자이셨다. 아버지의 성품은 매우 고집스러울 정도로 청렴결백하여 결코 남의 것을 욕심내지 않았으며 남에게 조그만 은혜라도 입게 되면 염두에 두었다가 반드시 보답하는 성격이었다.

이제 아버지가 돌아가신 지 많은 세월이 흘렀지만, 그때만 해도 옛날이어서 의료시설이 지금 같이 잘 되어있지 않은 때였다. 한 번도 제대로 병원에 가서 진료해드리지 못했던 것이 가슴이 아프다. 지난해 2월에는 내가 정신을 잃어서 쓰러졌을 때 아내와 자식들이 병원으로 옮겨가서 응급진료를 받았기 망정이지 그냥 방치했더라면 어떻게 되었을지 모를 일이 아닌가. 우리 아버지는 평생을 아끼고 검소하게 살았지만 살아생전 부모 마음을 모르고 자식들은 엉뚱한 짓으로 부모 속을 애태웠는지 모르겠다. "너도 커봐라. 자식 키워보면 알게 된다." 우리 아버지는 이것이 인생의 삶이라고 생각하시고 사셨던 분이다.

사람들은 태어날 때부터 하늘의 은혜를 입는다. 또한, 세상을 살아가면서도 수많은 은혜를 받으면서 산다. 그런데 대개의 경우 사람들은 은혜를 잊고 살아가는데 이 때문에 "은혜를 저버리지 말라"는 가르침이 있으며 대순진리회 요람에서는 이를 명시하고 있다. 은혜는 남이 나에게 베풀어주는 혜택이다. 저버림이라 함은 잊고, 배반함이니 은혜를 받거든 반드시 갚아야 한다. 출생과 양육은 부모의 은혜이니 효도를 다 해야 할 것이며 잘 사는 방법을 배워서 그 배운 방법을 실행해야 한다.

춘추전국시대의 공자는 길을 가던 중 울고 있는 고어를 만났다. "나무는 멈추고자 하나 바람이 그치지 않고 자식은 돌보고자 하나 부모님은 기다려 주지 않네. 한번 흘러가면 쫓아갈 수 없는 것이 세월이고 가면 다시 볼 수 없는 것은 부모님이라네"

고어는 이 노래를 부른 뒤 음식도 먹지 않고 계속 슬퍼하다가 선

채로 말라 죽었다고 한다. 고어는 자신만을 알고 자기 일만 챙기는 사람이었다. "다음에 해야지"하며 시간이 지나고 정신을 차려보니 부모님은 돌아가시고 친구도 다 떠났다.

　무릇 사람이라면 은혜를 알고 보답해야 하는 것이다. 은혜를 저버리는 행위는 배은망덕이라고 하지 않는가. 아버지는 내가 오르기 어려운 큰 산이면서 건너지 못할 깊은 바다 같으신 분! 아버지를 그리워하며 아버지의 길을 가는 나 자신을 되돌아본다. 아버님은 조선 말엽 나라가 어려운 시기에 태어나서 고단함을 무릅쓰고 한평생을 곧게 사셨던 분! 이제 편히 쉬시고 고이 잠드소서.

언젠가 우리는 떠나갈 나그네

나는 인간이기 때문에 인생에 대해서 많은 생각을 한다. 내가 가난, 배고픔, 질병 등으로 고생할 때, 바라는 일이 이루어지지 않을 때, 부당한 대우로 어려움을 겪을 때, 그리고 우리의 죽음 앞에서 우리 인생은 무엇이며 무슨 의미가 있는 것이냐? 하며 고민에 빠지게 된다. 내가 어떤 노력을 해도 이 어려움을 극복하기란 어렵겠다는 생각에 인생의 희망은 사라지고 절망하게 된다.

나는 인간이기에 인생을 짊어지고 있는 나라는 존재에 대해서 생각을 한다. 나라는 자의식은 어떻게 생겨났고 나는 이 인생을 이끌고 어디로 가는 것일까. 이렇게 넓고 큰 우주 속에서 나의 위치는 어디인가. 이런저런 생각과 고민을 하게 된다. 인생은 나그넷길 어디서 왔다가 어디로 가는 것인가. 인생이 있는 것은 분명한데 어디서 온 것이며 그 근원은 어디인가? 아마도 그 길은 마음으로 바로 통하는 길일 것이다. 그 길은 오직 사랑과 용서와 화합으로 그리고 상생의 마음으로만 갈 수 있는 신의 길은 아닐까!

어떻게 살아야 잘 사는 것인가. 그냥 평범하게 산다는 것이 가장 잘 사는 것이라 하지만 세월이 흐를수록 답을 찾기가 어렵다. 부자는 부자대로 말 못 할 사정이 있고, 거지는 거지대로 행복이 있다. 거지에게 지금 무엇이 당신에게 필요한가? 질문했는데 거지는 "예나는 따뜻한 저녁밥과 덮고 잘 이불 하나만 있으면 행복하겠다"고 말을 했다. 행복의 기준이 어떤 이는 부와 명예를 얻어야 한다고 할 것이고 또 어떤 이는 그냥 바람 부는 대로 물 흐르는 대로 사는 것이라고 말할 것이다.

어떤 회사 사장이 젊은 나이에 천억이 넘는 재산을 남겨두고 저세상으로 갔다. 그 사람이 가고 난 뒷얘기는 "그렇게 갈 거면 좀 베풀고 가지! 빈손으로 왔다가 뭐 그리 가지려고 했던가! 그렇게 떠날 거면 뭐 그리 무거운 짐을 내려놓지 못하고 채워도 채워지지 않는 탐욕만 있었던가!"

어느 회사 젊은이는 버리는 것이 얻는 것이라고 등산하러 갔다. 처음에는 산에만 가면 운동으로 건강도 챙기고 술 담배로부터도 거리를 두려고 했었다. 얼마 동안은 행동으로 옮겼는데 어느 순간부터 결심이 허물어졌으니 이 젊은이도 어느 것 하나 버리지 못하고 살아가는 인간이었다.

인생의 후반기에 접어든 백발이 성성한 사람들에게 물어보았다. 어떻게 사는 것이 잘사는 것이냐?고 했더니 한결같은 대답이 나왔다. "마음이 편해야 잘 사는 것이다"라는 대답이었다. 마음이 편하게 산다는 것은 우선 건강해야 하고, 경제적으로 풍족해야 하며, 스스로 행복감을 느껴야 한다. 수시로 올라오는 스트레스, 분노, 마음의 갈등과 방황 등이 외부의 영향으로 인해 사람의 마음은 늘 만신창이가 된다. 그 마음이란 게 우리 삶의 모든 것을 반영하는데 요는 그 마음을 편하게 하는 것이 말처럼 쉬운 일이 아니다.

　내가 아닌 다른 사람은 내가 될 수 없고, 나는 나일 뿐 다른 사람이 되지 못한다. 진정 삶은 어떻게 살아야만 잘 사는 것인지 그 답은 없을까?

　그 방법이 하나 있기는 있다. 실로 어렵기도 하지만 한편으로는 쉽기도 하다. 그것은 마음을 외부의 영향으로부터 독립해서 지켜나가는 것이다. 오직 독립적이고 흔들리지 않는 반듯한 나를 지켜나갈 때 제대로 된 행복하고 평화로운 삶을 영위할 수 있을 것이다. 마음이 평화로워지면 행복감을 느끼고 그러면 건강해지고 긍정적이고 낙관적이며, 좋은 생각이 떠오르고 그러다 보면 기회가 찾아오고 기회가 오면 자신의 그릇만큼 행운이 담기게 되지 않을까.

　그래 이 세상 삶이 별것인가. 어차피 빈손으로 왔다가 빈손으로 가는 것이 인생이 아니던가. 그러니 더 잃을 것도 더 얻을 것도 없다. 있으면 좋고 없어도 좋다. 우리는 인생이라는 길고 긴 여정을 계속하면서 온갖 일을 다 경험한다. 가는 길에 돈도 주울 수 있지만 냄새나는 배설물도 밟을 수 있다. 시비 거는 인간 만나 억울하게 당하기도 하고 거짓말에 속기도 하고 도둑과 강도를 만나 다 털리기도 한다. 그렇다면 이처럼 어지럽고 가늠하기 어려운 인생을 어떻게 살아야 잘 사는 걸까요, 조금은 긴 안목으로 저 골목을 지나면 물구덩이가 있고 평범한 길도 있다는 것을 가늠해야 한다. 즉 자신의 숙명적인 패턴을 알고 있어야 한다. 그래야만 고비 고비마다 운명적인 올바른 선택을 할 수 있기 때문이다, 그래서 자신의 삶의 흐름을 모르는 사람을 옛날부터 무모한 사람이라고 말하였다.

축구 경기에서 올라운드 플레이어가 없듯이 인생도 마찬가지다. 한쪽을 얻으면 다른 한쪽을 잃는 게 인생이 아닐까. 인생은 나그넷길 빈손으로 왔다가 빈손으로 가는 게 모두 맞는 말인 줄 알면서도 나는…! 하는 기대 속에 살아간다. 세상 살면서 노욕을 부리는 것은 다 소용없고 부질없는 짓이다. 인생은 내 책임과 내 계획하에 내가 살아갈 수밖에 없는 삶이기 때문이다. 인생이 일장춘몽이란 말은 인생은 아늑할 정도로 길게 느껴지지만 지나고 나면 한순간의 꿈으로 남는다는 것을 일깨워 주는 말이다.

세상을 살아간다는 게 그리 자랑할 것도 없고 욕심에 절어 살 것도 없다. 우리 인생은 나그넷길이란 말이 맞는 말이다. 우리 서로 아끼고 사랑해도 허망한 세월인 것을, 어차피 저 인생의 언덕만 넘으면 헤어질 것을, 미워하고 싸워봐야 상처 난 흔적만 훈장처럼 달고 갈 텐데, 이제 살아있고 함께 있다는 것만으로도 감사하고 행복한 일이 아니던가.

인생이란 왕복이 없는 승차권 한 장만 손에 쥐고 그 누구도 알 수 없는 종착역을 향해서 오늘도 너와 나를 태우고 달려가는 인생 열차! 언젠가 우리는 다 떠나갈 나그네인 것을!

온정 베푼 어사 박문수

·

옛날 어사 박문수가 거지꼴로 이 고을 저 고을 돌아다니며 민정을 살피고 탐관오리들을 벌주던 때였다. 어느 날 날이 저물어서 주막에 들었는데 방에 들어가 보니 웬 거지가 큰 대자로 누워있었다. 사람이 들어와도 본체만체하고 밥상이 들어와도 그대로 누워있었다.

"여보시오. 댁은 저녁밥을 드셨수?"

"아 돈이 있어야 밥을 사 먹지요"

어사 박문수는 밥을 한 상 시켜다 주었다. 그 이튿날 아침에도 밥을 한 상 더 시켜다 주니까 거지는 먹고 나서 말을 꺼냈다.

"보아하니 댁도 거지고 나도 거진데 이렇게 만난 것도 인연이니 같이 다니면서 빌어먹는 게 어떻소?"

박문수도 영락없는 거지꼴이니 그런 말 할 만도 하다.

"그렇게 합시다"

그래서 그날부터 둘은 같이 다녔다.

제법 큰 동네로 들어서니 마침 소나기가 막 쏟아졌다. 그러자 거지는 박문수를 데리고 그 동네에서 제일 큰 기와집으로 들어갔다. 그러더니 다짜고짜 한다는 말이

"지금 이 댁 식구 세 사람 목숨이 위태롭게 됐으니 잔말 말고 내가 시키는 대로만 하시오. 지금 당장 마당에 멍석 깔고 머리 풀고 곡을 하시오"

안 그러면 세 사람이 죽는다고 하니 시키는 대로 했다. 그 때 이 집 남편은 머슴 둘을 데리고 뒷산에 나무 베러 가 있었다. 어머니가 나이 아흔이라 미리 관목이나 장만해 놓으려고 간 것이다. 나무를 베는데 갑자기 소나기가 오자 비를 피한다고 큰 바위 밑에 들어섰다.

그때 저 아래서 "아이고 아이고" 곡소리가 들려왔다.

"이크 우리 어머니가 들어가셨나 보다. 얘들아 어서 내려가자"

머슴 둘을 데리고 불이 나게 내려오는데 위에서 바위가 '쿵' 하고 무너져 내렸다. 간발의 차이로 위험을 모면하고 내려온 남편은 전후 사정을 듣고 거지한테 절을 열두 번도 더 했다.

"우리 세 사람 목숨을 살려 주셨으니 무엇으로 보답하면 좋겠소? 내 재산을 다 달라고 해도 기꺼이 내놓으리다"

"아 정 그러신다면 돈 일백 냥만 주구려"

그래서 돈 백 냥을 받았다. 받아서는 대뜸 박문수에게 주는 게 아닌가.

"이거 잘 간수 해 두시오. 앞으로 쓸 때가 있을 것입니다"

박문수가 가만히 보니 이 거지가 예사 사람이 아니었다. 시키는 대로 돈 백 냥을 받아서 속 주머니에 잘 넣어두었다.

며칠이 지나서 어떤 마을에 가게 되었다. 그 동네 큰 기와집에서 온 식구가 울고불고 난리가 났다. 거지가 박문수를 데리고 그 집으로 들어갔다.

"이 댁에 무슨 일이 있기에 이리 슬피 우시오?"

"우리 집에 7대 독자 귀한 아들이 있는데 이 아이가 병이 들어 다 죽어가니 어찌 안 울겠소?"

"어디 내가 한 번 봅시다"

그런데 병든 아이가 누워있는 곳은 거들떠보지도 않고 곧장 사랑 채로 들어간 주인에게 말했다.

"아이 손목에 실을 매어서 그 끄트머리를 가져오시오"

미덥지 않았으나 주인은 아이 손목에다 실을 매어 가지고 왔다. 거지가 실 끄트머리를 한 번 만져 보더니

"뭐 별것도 아니구나. 거, 바람벽에서 흙을 한 줌 떼어 오시오"

바람벽에서 흙을 한 줌 떼어다 주니 동글동글하게 환약 세 개를 지었다. 주인이 약을 받아 아이한테 먹이니 다 죽어가던 아이가 말짱해졌다. 주인이 그만 감복을 해서 절을 열두 번도 더했다.

"7대 독자 귀한 아들 목숨을 살려 주셨으니 내 재산을 다 달라고 해 도 드리리다"

"아 그런 건 필요 없고 돈 일백 냥만 주구려"

이렇게 해서 또 백 냥을 받아 가지고는 다시 박문수에게 주었다.

"잘 간수 해 두오. 쓸 때가 있을 거요"

며칠을 가다가 보니 큰 산 밑에 사람들이 많이 모여 있었다. 웬 행세깨나 하는 집에서 장사 지내는 것 같았다. 기웃기웃 구경하고 다니더니 마침 하관을 끝내고 봉분을 짓는데 가서

"여기 거 송장도 없는 무덤에다 무슨 짓을 해요?"

하고 마구 소리를 쳤다. 일하던 사람들이 들어보니 기가 막혔다.

"네 이놈 그게 무슨 방정맞은 소리냐? 이 무덤 속에 송장이 있으

면 어떡할 테냐?"

"아 그럼 내 목을 베시오"

"그렇지만 내 말이 맞으면 돈 일백 냥을 내놓으시오"

일꾼들이 달려들어 무덤을 파헤쳐 보니 참 귀신이 곡할 노릇으로 과연 방금 묻은 관이 사라지고 없었다.

"여기가 천하 명당인데 도둑 혈이라서 그렇소. 지금 묻혀 있는 곳에 무덤을 쓰면 복 받을 거요"

이렇게 해서 무사히 장사를 지내고 나서 상주들이 고맙다고 절을 열두 번도 더했다.

"명당자리를 보아 주셨으니 우리 재산을 다 달라고 해도 내놓겠습니다"

"아 그런 건 필요 없으니 돈 일백 냥만 주구려"

그래서 또 돈 백 냥을 받았다. 받아서 또 박문수에게 주었다.

"이것도 잘 간수 해 두시오. 반드시 쓸 데가 있을 거요."

그러고 나서 또 가는데 거기는 산중이라서 한참을 가도 사람 사는 마을이 없었다. 그리고 산중에서 갑자기 거지가 말을 했다.

"이제 우리는 여기서 그만 헤어져야 하겠소"

"아 이 산중에서 헤어지면 나는 어떡하란 말이오?"

"염려 말고 이 길로 쭉 올라가시오. 가다 보면 사람을 만나게 될 거요"

그러고는 연기같이 사라졌다. 꼬불꼬불한 고갯길을 한참 동안 올라가니 고갯마루에 장승 하나가 떡 버티고 서 있었다. 그 앞에서 웬 처녀가 물을 한 그릇 떠다 놓고 빌고 있었다.

"정승님! 우리 아버지 백일 정성도 오늘이 마지막입니다. 한시바

삐 제 아버지를 살려주십시오. 비나이다. 비나이다"

박문수가 무슨 일로 이렇게 비느냐고 물었더니 처녀가 울면서 말했다.

"우리 아버지가 관청에서 일하는 아전인데 나랏돈 삼백 냥을 잃어버렸습니다. 내일까지 돈 삼백 냥을 관에 갖다 바치지 않으면 아버지 목을 벤다는데 돈을 구할 길이 없어 여기서 백일 정성을 들이는 중입니다"

박문수는 거지가 마련해 준 돈 삼백 냥이 떠올랐다. 반드시 쓸 데가 있으리라 하더니 이를 두고 한 말이구나 생각했다. 돈 삼백 냥을 꺼내어 처녀한테 건네주었다.

"자 아무 염려 말고 이것으로 아버지 목숨을 구하시오"

이렇게 해서 아버지 목숨을 구하게 되었다. 그런데 그 처녀가 빌던 장승이 비록 나무로 만든 장승이지마는 가만히 살펴보니 어디서 많이 본 얼굴이었다. 아까까지 같이 다니던 그 거지 얼굴을 쏙 빼다 박은 게 아닌가!

이렇게 암행어사 박문수에게는 하늘이 도왔는지 모르지만 좋은 파트너가 나타나서 동행하며 좋은 일을 할 수 있게 만들어주었으며 박문수는 일생을 흐트러짐이 없이 진실 되게 살았을 뿐만 아니라 암행어사의 임무 수행을 정직하게 잘함으로써 역사에 이름이 남게 되었고 많은 사람들의 존경을 받는 위대한 인물이 되었다고 한다.

우리 황혼 인생 잘살아 보자

　우리가 아침에 눈을 뜨면 20초 정도만 가슴에 손을 얹고 읊조리 듯 말을 해보자. "오늘도 살아있게 해주셔서 고맙습니다. 오늘도 즐 겁게 웃으며 건강하게 살겠습니다. 오늘 하루도 이웃을 기쁘게 하 고 세상에 조금이라도 보탬이 돼야겠습니다." 그렇게 이·삼 개월만 해보면 자신이 놀랍도록 긍정적으로 변했음을 발견하게 될 것이다. 그렇게 하면 건강해져서 잔병치레도 하지 않게 되고 우리는 잘 웃 고 재미있고 몰라보게 몸이 좋아지며 행복하게 세상에 보탬이 되는 사람으로 살아가게 될 것이다.

　지난해는 코로나19로 인하여 우리 국민들이 많은 고통을 겪었으 나 2021년 새해에는 우리 국민들의 삶이 자유롭고 평화롭게 살아 갈 수 있었으면 하는 바람이다. 우리들이 마스크 없이도 일상생활 을 할 수 있었으면 하는 마음 간절하다. 과연 우리가 어떻게 사는 것이 우리 노년 인생을 잘 사는 것일까! 한 많은 이 세상 어느 날 갑자기 소리 없이 홀쩍 떠날 적에 돈도 명예도 사랑도 미움도 가져 갈 것 하나 없는 빈손이요. 동행해 줄 사람 하나도 없으니 자식들 뒷바라지하느라 쓰고 쥐꼬리만큼 남은 돈 있으면 지역사회와 이웃을 위해 아낌없이 보람되게 쓸 수 있었으면 좋겠다. 행여라도 사랑 때문에 가슴에 묻어둔 아픔이 남아있다면 미련 없이 다 떨쳐버리고 "당신이 있어 참으로 행복했다"라고 진심으로 애기할 수 있는 친구들 만나 황혼의 남은 세월 건강하게 후회 없이 살아가야겠다.

우리에게 정말 소중한 것은 살아가는데 필요한 많은 사람보다는 단 한 사람이라도 마음을 나누며 함께 할 수 있는 진실한 마음의 길동무일 것이다. 이 세상이란 사막에서 마음의 문을 열고 있는 오아시스처럼 아름다운 친구를 만났으면 참 좋겠다. 아니 그보다는 내가 먼저 누군가에게 오아시스처럼 참 좋은 친구 참 아름다운 벗이 되는 시원하고 청량감 넘치는 삶을 살았으면 좋겠다.

이 세상에서 진실한 친구가 한 사람이라도 있는 사람이 행복한 사람이다. 이 세상에서 가장 아름다운 사람은 용서할 줄 아는 사람이다. 이 세상에서 가장 지혜로운 사람은 사랑을 깨달은 사람이라고 한다. 이 세상에서 가장 훌륭한 사람은 이 모든 것을 실행하는 사람이다. 이 세상에서 가장 행복한 삶은 모든 것을 긍정적으로 살아가는 사람이다. 남이 말하는 중간에 말을 낚아채는 사람은 좋은 행동이 아니다. 악수하면서 눈이 딴 곳으로 가 있는 사람이나 호칭을 잘 사용하지 못하는 사람은 남에게 흉을 보이는 행위이다. 항상 남들이 나보다 조금은 더 훌륭하다고 생각하면 실수가 없게 된다.

우리가 컴퓨터를 열어서 인터넷이라도 하는 사람이 다른 사람보다 앞서는 사람이다. 집안에서 가만히 앉아 놀기보다는 집 주변이라도 돌아다니면 우리 몸 건강에도 좋다. 새로 산 휴대폰 사용이 어렵다고 들고만 다닌다면 안 된다. 비싼 돈 주고 샀다는 것을 생각하고 아무렇게나 이것저것 작동을 시키면 손에 익숙해질 것이다.

이 세상에서 내리막길을 걸을 때는 오르막길이 있다는 걸 잊지 말아야 한다. 우리가 오늘 걷지 않으면 내일은 뛰어야 한다. 좋아하는 TV 프로그램 하나는 꼭 보는 습관을 지니도록 하라. 사람은 태어날 때 즐거움의 욕구를 타고 태어났다고 한다. 그래서 즐거운 일을 많이 할수록 몸은 건강해진다. 우리가 살면 얼마나 살겠는가? 어림잡아 생각해 봐도 잘 살아야 8·90년이다.

이성의 벽이 허물어지고 가는 시간, 가는 순서 다 없어지니 남녀 구분 없이 부담 없는 좋은 친구 만나서 산이 부르면 산으로 가고 바다가 손짓하면 바다로 가고 하고 싶은 취미생활 마음껏 다하며 남은 인생 우리 이웃과 사회를 위하여 좋은 일 많이 하며 살아가는 것이 훌륭한 삶이라고 생각한다. 우리는 우선 건강해야 좋은 일도 많이 할 수 있다. 우리 몸이 원하는 것 이상의 음식을 먹는 것도 학대이고 우리 몸이 편안함을 거부하는 것도 학대이다. 우리 몸을 부지런히 움직이지 않는 것도 학대가 아닐까 한다. 서산에 지는 노을이 아름답듯이 우리 남은 인생도 정말 아름답게 살아야지 않겠는가!!

위기는 위험하지만 기회이다

이제 생각해 보니 내가 퇴직을 한 지도 24년째가 된다. 나는 어렸을 때 남과 같이 정상적인 학업의 길을 거치지 못한 까닭으로 배우지 못한 한을 품고 살아가고 있는 사람이다. 세월은 화살 같이 빠르게 흘러서 20년 이상을 어떻게 지나왔는지 지난날을 돌아보는 내 인생 후반의 끝자락이 아닌가 한다.

젊어서는 고생을 사서도 한다는 말이 있다. 젊은 시절의 고생은 인생발전에 좋은 경험이 된다는 것이다. 우리가 경험하는 것은 세상에 살아가는 이치를 알아간다는 뜻이다. 맹자는 근심과 걱정 가운데 살아가고, 평안하고 즐거운 가운데 죽는다고 했다. 역경과 고통이 자신을 단련시키고 성장시키는 밑거름이 될 수 있으니 고난에 좌절하지 말고 안락할 때 더욱 조심하여 방탕하지 말라는 것이다.

미국의 제16대 대통령인 에이브라함 링컨은 불행한 사람이었다. 많은 가족이 죽어가는 것을 어린 나이에 목격했다. 더구나 아내는 정신이 온전하지 못하였고 두 아들도 그의 품에서 죽어갔다. 정치에 나섰으나 낙선되는 고통을 겪었다.

이렇게 실패의 연속이었으나 이 아픔을 인생의 귀중한 자산으로 삼아 존경받는 훌륭한 지도자가 되었다.

일본의 마쓰시다 고노소케라는 사업가는 고난을 축복으로 여기며 좌절하지 않고 역경을 헤쳐나가 성공한 전설적인 인물이다. 일본국민이 가장 존경하는 경제인으로 마쓰시다 전기공업을 창업해서 상당한 매출로 세계적 기업으로 성장시켰다고 한다.

그가 성공할 수 있었던 이유는 가난한 것, 허약한 것, 못 배운 것 등 세 가지였다. 가난해서 어릴 때부터 갖가지 어려운 일을 하며 세상살이에 필요한 경험을 많이 쌓을 수 있었고, 몸이 허약해서 꾸준히 운동하여 건강을 유지할 수 있었으며, 학교에 다니지 못해서 모든 사람을 스승으로 여기고 열심히 배웠다고 한다.

인간 수명을 연구하는 러시아의 과학자는 동물들을 대상으로 실험을 했다. 첫 집단에게는 풍성한 음식과 좋은 공기 안락함 등 이상적 환경을 제공했다. 이들 동물을 괴롭히는 것은 없었다. 초원을 뛰놀다가 지치면 그대로 나뒹굴었다.

몇 개월 후 이들 팀에서는 윤기가 흐르기 시작했다. 둘째 팀에게는 걱정과 기쁨이 공존하는 공간을 제공했다. 동물들은 초원에서 한가롭게 놀다가 가끔 맹수의 습격을 받았다. 먹이를 먹기 위해 노력해야 했으며 항상 긴장의 끈을 놓을 수가 없었다. 안락한 환경에서 살던 동물들이 훨씬 먼저 병들어 죽어갔다. 긴장과 노력이 건강과 장수를 보장한다는 것이다.

베토벤은 가족이 환자들로 가득한 어려운 환경 속에서 태어났다. 음악가로 치명적인 청각 장애를 안고 살았지만 모든 한계상황을 뛰어넘어 불후의 명작을 남겼다. 아무것도 들을 수 없는 어려움 속에서 훌륭한 음악을 만들어냈다. 미국 정신과 전문의들이 조사에 의하면 경험자 85%가 고난은 축복이 되었다고 했다. 나쁜 습관을 고칠 수 있었고 가정, 신앙, 사랑을 회복했고 고난을 극복하기 위해 노력한 결과 인생이 새로워졌고, 감사하는 삶을 배우게 되었다고 했다.

우리 인생은 웃고 살든 울고 살든 자신이 선택이고, 짜증 내며 살든 즐겁게 살든 나의 몫이다, 불평하며 살든 감사하며 살든 내 마음이라 할 것이다, 축복은 고난의 수레를 타고 온다고 한다. 위기는 위험하기는 하지만 기회라는 뜻이다. 잘 넘기면 기회가 되고 잘못 넘기면 위험이 되는 것이다. 고난이나 실패는 위험한 기회이다.

젊은 시절의 고난은 역경이 아니라 축복이고, 인생의 소중한 자산이 될 수 있다. 위대한 업적을 남긴 사람들은 대부분 역경을 극복하였다. 사람이 닥친 고난에 굴하지 않고 축복이라고 믿으며 어려움을 이겨나가는 자가 축복을 경험하는 진정한 승자가 될 수 있다. 모든 사람은 깊은 곳에 있는 신비한 능력을 끌어내는 힘을 가지고 있는 것이다.

"만나는 사람마다 교육의 기회로 삼아라"라는 미국 제16대 대통령 링컨의 좌우명을 나는 소중히 여기며 열심히 실천하며 살았고 앞으로도 살아가야겠다. 지위가 높은 사람이거나 낮은 사람이거나 윗사람이거나 아랫사람이거나를 막론하고, 어떤 문제이건 모르는 것이 있으면 무엇이든 부끄러움 없이 질문하고 배우기를 게을리하지 않았다. 이는 평생 나를 지켜준 소중한 말이다.

우리의 삶은 웃고 감사하며 살면 삶이 즐거워지고, 울고 짜증내며 살면 나의 인생은 괴로워진다. 이 세상을 행복한 마음으로 살겠다고 하면 행운이 저절로 따라오지 않겠는가!

유성룡 명재상의 국난극복

지금 우리나라 주변에는 전운이 감도는 위기 상황이다. 북한이 핵폭탄과 대륙간 탄도미사일로 위협하며 도발 수위를 높여 가고 있다. 이에 대비한 우리나라 사드 배치 문제로 중국은 경제적인 압박을 가하고 있으며 국제 금융시장에서도 북핵 변수가 부상하고 있다. 장관을 역임한 바 있는 석학 황산덕씨는 명저『북귀』에서 한민족은 절대로 점멸하지 않는다고 하였으며 그 이유로 임진왜란을 예로 들면서 우리 민족은 저력을 가지고 있기 때문이라고 했다.

1592년 임진왜란을 되돌아보면 그 말이 틀림없다는 것을 알 수 있다. 임진왜란을 전후하여 장수로는 이순신, 권율이 있었고 정치인으로는 유성룡, 이덕행, 이항복이 있었으며 종교 지도자로는 서산대사, 사명대사가 있었다. 이들은 조선 오백 년을 통틀어서 훌륭한 인물들이라고 생각한다. 그런데 지금은 누가 보아도 우리나라가 위기에 처한 게 분명히 느껴진다.

조선 선조 때의 명재상 유성룡(1542~1607)에 얽힌 전설 같은 얘기가 있다. 유성룡에게는 바보 숙부 한 분이 있었는데 그는 콩과 보리를 가릴 줄도 모르는 모자란 분이었다. 그런데 어느 날 그 숙부가 유성룡에게 바둑을 두자고 했다. 유성룡은 실제로 당대 조선의 국수라 할 만한 바둑 실력을 갖추고 있었다. 어이없는 말이지만 숙부의 말이라 거절하지 못하고 두었는데 막상 바둑이 시작되자 한쪽 귀를 겨우 살렸을 뿐 나머지는 몰살당하는 참패를 했다. 바보 숙부는 대승을 거둔 뒤 껄껄 웃으며 그래도 바둑 실력이 대단하네. 조선팔도가 다 짓밟히지는 않았으니 다시 일으킬 수 있겠구나.라고 말했다. 이에 유성룡은 숙부가 거짓 바보 행세를 해 왔을 뿐 이인(異人)이라는 것을 알고 의관을 정제하고 절을 올리고 무엇이든지 가르쳐 주시면 그 말에 따르겠다고 했다.

그러자 숙부는 아무 날 한 중이 찾아와 하룻밤 자고 가자고 할 것인데 재우지 말고 자기한테로 보내라고 했다. 실제로 그날 한 중이 찾아와 재워주기를 청하자 유성룡은 그를 숙부에게 보냈는데 숙부는 중의 목에 칼을 들이대고 네 본색을 말하라고 해서 그가 토요토미 히데요시(풍신수길)가 조선을 치러 나오기 전에 유성룡을 죽이려고 보낸 자객이라는 자백을 받았다. 그리하여 유성룡은 죽음을 모면하고 임진왜란이 일어나자 영의정의 자리에서 사실상 국난을 극복하는 주역이 되었다는 것이다. 모든 사람이 바보라고 부르던 그 이인이 위기의 조선을 구했다는 것이다.

임진왜란은 1592년(선조 25년) 풍신수길이 17만 명의 병력으로 조선을 침략하면서 시작된 침략전쟁이었다. 그리고 명나라가 참전하여 국제전이 된 7년 전쟁이었다. 유성룡은 영의정으로 왜란을 직접 체험하면서 이순신을 발탁하고 선조를 설득하며 국난을 극복한 명재상이다. 그는 최고 관직에 있으면서 전시 조정을 이끌었으며 위기에 빠진 조선왕조를 재정비 강화하였다. 그는 정병을 양성하였고 병농일치의 원칙 아래 지방군인 속오군을 편성하는 등 군사기구 개편을 주장하였다. 그는 1598년 북인들에 의해 탄핵을 받고 관직을 삭탈 당했으며 1600년 관직이 회복되었으나 다시 벼슬을 하지 않고 죽는 날까지 저술 활동을 하며 고향에서 은거하였다.

유성룡은 강해지지 않으면 안 된다. 우리가 일어나 중흥하지 않으면 안 된다고 자강(自强)을 강조했다. 나는 오늘을 살아가는 우리들이 이런 자강정신으로 무장되었으면 얼마나 좋을까 하고 생각한다. "평안할 때 위태로움을 생각하고 대비하면 화를 피할 수 있다"는 말이 있다. 무슨 난제가 생기면 지도자들은 단합하여 해결하려는 의지를 가져야 함에도 당파논리로 국론분열 등 국사를 그릇되게 하여 어려움에 처하게 해서는 안 될 일이다. 지금 우리가 처한 상황에서 국가안보가 당리당략의 논리로 갈라진다면 북한 김정은의 웃음과 우리에게 오는 건 참담한 비극밖에 없을 것이다. 국가 위기에는 나라를 위해 하나로 단합하고 애국하는 정신이 우리에게 녹아내렸으면 하는 마음이다.

이규보 선생과 임시 과거시험

　김영란법은 2016년 9월부터 시행되고 있는데 이 법 때문에 이번 설 특수가 실종됐다고 상인들은 울상을 짓고 있다고 한다. 본 법의 정확한 명칭은 "부정청탁 및 금품 등 수수의 금지에 관한 법률"로서 쉽게 김영란법이라 칭하고 있다. 이 법으로 인하여 국내 농·축·수산물의 소비가 위축되어 농축 어민들이 많은 경제적 타격을 입고 있다는 보도가 있다. 이 법은 단순히 형사법적인 처벌 문제에 집착하기보다 부패문화를 바꾸는 데 역점을 두어야 한다. 근본적으로 우리의 관행과 습관문화를 바꾸는 데 목적이 있다고 본다. 여기에서 유아무와 인생지한(有我無蛙 人生之恨)이란 글귀가 생각이 났다. 고려 말 유명한 학자인 이규보 선생이 집 대문에 붙였던 글이다.

　어느 날 임금이 단독으로 야행을 갔는데 깊은 산중에서 날이 저물었다. 다행히 민가를 발견하고 하루를 묻고자 청했지만, 집주인(이규보)이 조금 더 가면 주막이니 거기로 가도록 안내했다. 그런데 그 집 대문에 붙어 있는 글이 임금을 궁금하게 했다. '나는 있는데 개구리가 없는 게 인생의 한이다.' 개구리가 뭘 의미함일까? 주막에 가서 국밥을 먹으며 주모에게 물어봤지만, 과거에 낙방하고 온 후 집안에서 책만 읽으며 살아간다고 했다.

그래서 궁금증이 발동한 임금은 다시 그 집으로 가서 사정사정한 끝에 하룻밤을 묵어갈 수 있었다. 잠자리에 누웠지만, 집주인이 글 읽는 소리에 잠은 안 오고 면담을 신청했다. 그렇게도 궁금한 유아 무와 인생지한이란 글에 대해 들을 수 있었다.

이규보는 옛날에 노래 잘하는 꾀꼬리와 목소리가 거북한 까마귀 가 살고 있었다. 하루는 까마귀가 꾀꼬리에게 3일 후에 노래 시합 을 하자고 했다. 곧바로 심판은 두루미로 정했다. 꾀꼬리는 3일 동 안 노래 연습을 했으나 까마귀는 자루를 들고 논두렁에서 개구리를 잡았다. 그렇게 잡은 개구리를 두루미에게 가져다주고 뒤를 부탁했 다. 약속한 3일이 되어서 꾀꼬리와 까마귀는 노래를 한 곡씩 부르 고 심판 두루미의 판정만을 남겨놓았다. 꾀꼬리는 자신이 있었지 만, 심판인 두루미는 까마귀의 손을 들어 주었다. 이 말은 이규보가 임금한테 불의와 불법으로 얼룩진 나라를 비유해서 한 말이다. 이 규보는 그 실력이나 지식은 어디에 내놔도 안 지는데 과거를 보면 떨어졌다. 돈이 없고 정승 자식이 아니라는 이유와 두루미한테 상 납한 개구리 같은 뒷거래가 없었기에 번번이 낙방하여 초야에 묻혀 살고 있다는 것이다.

그 말을 들은 임금은 이규보의 품격이나 지식이 고상함을 알고 자신도 과거에 여러 번 낙방하고 전국을 떠도는 떠돌인데 며칠 후에 임시과거가 있다고 해서 한양으로 올라가는 중이라고 거짓말을 하고, 궁궐에 들어와 임시과거를 열 것을 명하였다고 한다. 과거를 보는 날 이규보는 다른 사람들과 같이 마음의 준비를 하고 있을 때였다. 시험관이 내 걸은 시제가 유아무와 인생지한(有我無蛙 人生之恨)이란 여덟 자였다. 이규보는 임금이 계신 곳을 향해 큰절을 하고 답을 적어 냄으로써 장원급제하여 차후 유명한 학자가 되었다.

우리나라는 경제협력개발기구(OECD) 34개국 중 국가청렴도가 27위에 불과하여 비리와 부패가 만연하고 있는 실정이라고 한다. 국가의 여망과 공직사회의 투명성 제고라는 시대정신을 반영한 이 법은 부정청탁과 금품향응 수수 관행을 일소하는 데 주춧돌이 될 것이다. 향후 이 법이 우리 사회의 청렴 문화 정착에 근간으로 작용하리라 믿으며 청렴한 대한민국을 만드는 데 있어 발판을 마련하리라고 본다. 부패해서 망한 나라는 있어도 청렴해서 망한 나라는 없다.

'돈이 권력을 흔들 수 있는 곳에서는 국가의 올바른 정치나 번영을 바랄 수 없다' 영국의 정치학자 '토마스 모어'의 말이다.

제5부

제주 4·3은 끔찍한 비극이었다

인성이 실종된 우리 사회의 현실

　우리 최초의 인류가 출현한 이후로 지금 우리가 사는 오늘날까지 수많은 사람이 죽어갔지만, 이중의 상당 부분은 자연재해나 다른 짐승들에 의한 죽음이 아닌 바로 우리 인간에 의해 자행된 것이다. 이를 몇 가지 열거해 본다면 유럽에서 일어난 종교전쟁, 제1, 2차 세계대전, 아프리카 내전, 칭기즈칸의 정복 전쟁, 청일전쟁, 임진왜란, 한국전쟁, 미국의 남북전쟁, 아메리카 인디언들의 죽음, 인종을 가리지 않고 사람을 노예로 사고파는 인신 매매 등으로 인해 얼마나 많은 사람들이 소중한 목숨을 잃었다고 생각하며 내 마음이 아프다.

　역사적으로 살펴본다면 우리가 살고 있는 이 지구상에 이와 유사한 일들이 수없이 많이 일어났다. 더구나 잔인하게 살아있는 사람을 강제로 생체실험에 이용하는 만행도 서슴치 않고 실행한 나라인 일본이 제국주의 시대에 자행된 일이었다. 이러한 잔인한 일들이 일어날 수 있었던 이유는 본인 아니면 자기 나라 자기 민족 자기의 종교밖에 모르는 아주 고약한 이기주의 때문이라고 생각한다.

　인성이란 사람인에 성품성을 합한 단어로서 사람의 성품을 뜻한다. 인성적 의미는 인간의 성품으로 정의되며 성품은 사람의 성질과 품격을 의미한다. 품격은 사람된 모습을 뜻한다. 그 사람의 인성이 좋다는 얘기는 결국 그 사람의 인품이 좋다는 것과 같다. 인성교육은 지(知), 정(情), 의(意)를 조화롭게 발달시키는 교육이며 자아를 실현하는 교육이고 남과 더불어 살아가게 하는 도덕교육이라고 볼 수 있다. 공자는 예가 아니면 보지 말고, 예가 아니면 듣지 말고, 예가 아니면 행동하지 말라고 했다.

통계청 발표에 따르면 몇 년째 청소년 사망 원인 중에 자살하는 이유 1위는 학업 스트레스로 순위가 바뀌지 않고 있다. 특히 왕따, 학교폭력이 문제는 일상화되어 집단 따돌림, 지속적인 괴롭힘, 신체적 폭력 등을 행사해도 대수롭지 않게 여기는 폭력 불감증이 만연돼 있다. 그뿐만 아니라 학생이 교사를 때린다든지 부모를 때리는 일이 벌어지기도 하고 자신을 불편하게 하는 것은 잠시도 참지 못하고 자신의 이익만 생각하는 이기적인 성향도 강해지고 있다. 이런 현실이 초래된 이유는 인성교육의 부재 때문이다. 인성교육의 부재는 한 개인의 차원에서만 그치는 게 아니라 사회 문제까지 연결되는데 문제의 심각성이 있다.

가족 이기주의가 팽배한 가운데 이혼율이 급증하고 있다. 가족해체의 위기뿐만 아니라 지역이기주의 집단이기주의는 고질적인 사회 문제가 되고 있다. 또 극단적으로는 패륜적 범죄나 아무 가책 없이 사람을 죽이는 범죄도 결국 인성교육의 부재로 인간성의 상실된 우리 사회적 단면이라고 볼 수 있다. 이기주의 집단은 본인들 외에 다른 사람들을 자신들과 똑같은 하나의 인간으로 대하는 것이 아니라 한낱 짐승으로밖에 여기지 않도록 만드는 것이다. 그러니 수많은 사람들이 안타깝게 목숨을 잃었다고 본다. 과거에도 그랬듯이 현재에도 그렇다는 것이다. 악마는 따로 있는 것이 아니라 바로 우리 인간들 중에 악마들이 존재하는 것 같다. 악마도 현실에서는 무섭지 않은 얼굴로 우리와 비슷한 얼굴로 살고 있다.

악마와 천사? 지금 우리가 살아가고 있는 현실 세계에 이 두 개는 함께 공존하고 있다는 것을 알아야 한다. 남에게 피해를 주거나 괴롭히는 사람들 또는 남을 상해하거나 죽게 하는 사람들 이런 사람들은 우리와 똑같은 사람이 아니라 악마에 불과하다. 그런데도 현실에서는 이들을 인간으로 대우하는 경우를 종종 보게 된다. 그르니 각종 범죄가 아직도 세상에 판을 치는 것이다. 악마는 악마로 대해주고 정말 인간다운 사람만은 인간으로 대해줄 필요가 있다고 생각한다.

반면 천사 인간도 존재한다. 항상 타인을 존중하고 배려할 줄 아는 따뜻한 마음을 지닌 사람들도 있다. 물질적으로든 정신적으로든 많으면 다른 사람들과 함께 나눌 줄 아는 가슴이 따뜻한 사람도 있다. 천사와 악마의 공통점이 한 가지 있는데 그것은 둘 다 본인들이 행하는 일을 다른 사람들이 모르게 조용히 은밀하게 진행한다는 것이다. 천사는 자신의 선행이 남에게 알려지는 것을 원치 않아서이고 악마는 자신이 악행이 남에게 들키면 처벌받을까 봐 두려워서 그런 것이다. 우리 사회에 천사와 악마 인간이 많지만, 밖으로 잘 나타나지 않다 보니 우리가 뉴스로 접하는 건 극히 일부에 불과하다는 것이다.

우리 사회가 경제는 발전하고 있지만, 건강 행복 인성교육의 문제는 해결하지 못하고 있는 것이다. 이대로 가면 우리 사회는 더 삭막해지고 인간이 모여 살지만 인간답지 못한 불행한 삶을 살아가게 될 것이다. 그래서 인간성 회복이 중요하다. 인간성 회복은 곧 사람을 사람답게 만드는 것이다. 교육의 기본 목적은 사람을 사람답게 만드는 데 있고 그 중심에 인성교육이 있다. 인간의 본래 성품은 밝고 순수하다. 인성교육은 인간이 타고난 성품을 발현하도록 하고 인간성을 회복하는 교육이 되어야 한다. 청소년만을 인성교육의 대상으로 보는 고정관념에서 벗어나 기성세대들도 먼저 자신을 되돌아보고 솔선수범의 자세가 필요하고 가정 학교 지역사회에서 정의와 사랑과 평화의 환경조성이 우선시 되어야 한다. 특히 교육 기본 이념인 홍익인간의 가치가 제대로 실현될 수 있는 사회적 환경을 형성하도록 노력해야 한다.

나는 무엇을 하며 어떻게 살 것인가? 인생 설계도를 만드는 일이 가장 중요하다. 계획을 세우기 위해 가장 먼저 해야 할 일은 꿈을 정하고 인생 목표를 세우는 일이다. 우리가 성공하는데 전문적인 지식이나 기술은 15%밖에 영향을 주지 않았으며 나머지 85%는 인간관계였다고 한다. 나의 이익이 아니라 희생과 봉사에 나부터 먼저라는 마음과 주인 정신을 갖고 예의 바르고 건전한 가정, 상식이 통하는 사회, 원칙이 통하고 인륜이 살아있는 사회, 지역 간, 계층 간, 세대 간의 갈등과 대립을 허물어 더불어 사는 사회 정의로운 사회를 이룩하는데 모두가 힘써 나가야 할 것이다.

도산 안창호는 '나 하나를 건전한 인간으로 만드는 것이 우리 민

족을 건전하게 하는 유일한 갈이라며 자신의 개조부터 나설 것을
강조했다.'고 한다. 조상님과 부모님께 효도는 사람으로서 마땅히
지켜야 할 도리이다. 마지막으로 자신의 생각을 바르게 말하는 게
현명한 사람이다.

잊을 수 없는 선배님

2012년 포도 위에 낙엽들이 뒹굴고 있는 늦가을 화창한 날을 택하여 군 졸병 시절에 나를 많이 아껴주시고 배려해 주었던 대전시에 살고 있는 군 선배를 꼭 만나 봐야겠다는 생각을 절실히 하면서 무작정 청주행 비행기를 탔다.

내가 좋아하고 존경하는 그는 한석교라는 선배이다. 해군 신병훈련소를 수료한 다음 진해 해군 의무단에서 군의학교를 수료하고 첫 임지로 발령을 받은 곳이 포항 해병사단이었다. 이곳 해병사단에서 만난 그가 한석교 선배였다. 엄밀히 그는 상관인데도 전연 후배니까 복종을 해야 한다는 독선도 없었고 졸병이라고 무시하지도 않았다. 항상 이 후배를 걱정하는 마음으로 나의 큰 형님과 같이 포근한 분이었다.

너나 할 것 없이 대한민국에서 태어난 장정이라면 병역의무를 져야 한다. 나도 병역의무를 이행하기 위해서 해군으로 지원 입대키로 결심하여 해군 신병훈련소를 거쳐서 군 생활이 시작되었다. 50년대 말 그 당시만 하더라도 배운 것도 없고 가난한 집안에서 딱히 할 일도 없으니 일종의 탈출구로 입대를 하기에 이르렀다.

그러나 군대라는 사회는 명령에 죽고 사는 집단이지만 따뜻하고 인자한 선배를 만나서 그래도 안정된 분위기 속에서 군 생활을 할 수 있었다. 하지만 장기 하사관이란 사람들은 졸병들이 기압이 빠졌다고 트집을 하며 집합시켜서 입 다물라고 하고 아구턱을 돌리기도 하고 빠따를 치기도 한다. 소위 군기를 잡는다는 이런 일은 군필자들이라면 다 아는 일이다.

이러한 상황에서 졸병 시절 휴가 가는 것은 너나없이 모든 장병들이 가슴을 설레게 하는 일이다. 나도 어느 땐가 휴가를 받고 고향에 휴가를 다녀왔는데 휴가에서 귀대해 보니 이게 웬일인가, 보급품인 새 담요가 행방불명이 되었지 않은가. 말도 못 하고 있다가 나중에 선배들에게 들었는데 진급도 못 하고 장기 하사로 근무하는 불쌍한 그들이 팔아먹었을 것이라는 말을 들었다. 분실된 침구를 보충하느라 졸병 신세에 많은 고통을 감수할 수밖에 없는 일이었다. 그러나 한평생을 살아보니 그래도 내가 가장 편안하게 지낸 세월은 군대 생활이었다. 왜냐면 나라에서 밥 먹여주고 잠재워주고 옷 입혀주니 천하 졸병 무사태평으로 아무런 걱정이 없었으니까.

나는 그 선배에게 몇 번의 편지를 보내기도 했고 가끔 연하장도 보냈으며 1년에 한두 번 전화 통화도 하였으나 그것으로 선배에 대한 도리를 다한 것으로 자위하며 살아온 세월이 부끄럽다는 생각을 하게 되었다. 우리 고장에 그 흔한 밀감 한 상자도 보내드리지 못한 것이 정말 후회가 된다. 그새 많은 세월이 흘렀다. 지금의 모습은 어떻게 변했을까. 인자한 모습으로 세상을 바라보는 안목이 더 깊고 넓어지셨을 것이다. 하지만 지금 살아 계신지 돌아가셨는지 전연 알 수가 없으니 답답하고 걱정스러울 뿐이다. 왜냐면 요즈음에는 여러 차례 전화하였으나 전연 통화가 안 된다.

한 시간쯤 걸려서 청주공항에 도착하고 대전행 버스를 이용하여 대전시로 향했다. 오늘 그 선배를 만날 수 있을까 하고 염려하는 마음으로 대전시 동부 터미널에 도착하였다. 오늘이 토요일인 것도, 생각 못 하고 모동 주민센터를 찾았으나 휴일이어서 낭패를 당했다.

그렇지만 그냥 포기할 수 없어서 모 초등학교 근방이라는 것은 알고 있었기에 그 학교를 찾기로 했다. 어느 골목에서 선배님이 웃는 얼굴로 내 앞에 나타날 것 같은 환영에 빠져보기도 하면서 모든 일을 즉흥적으로 하다 보면 앞뒤가 안 맞는 걸 다시 한번 절감하게 된다. 존경하는 선배님을 만날 수도 있을 거라는 기대로 초등학교 주변에 이 골목 저 골목을 몇 시간을 헤매며 찾아봤으나 아무 소용이 없었다.

어느 상가 앞을 지나는데 그 유명한 대전 블루스 노랫가락이 흘러나온다. 추억과 이별의 애환이 서린 이 노랫가락과 제 발길에 감겨드는 낙엽이 선배님을 다시는 못 뵐 것 같은 예감에 휩싸이게 했다.

대전시에서 귀가하고 며칠 후 해당 동주민센터 동장에게 전화해서 사정을 얘기하고 그분이 살고 있는지만 알려달라고 간절히 부탁했다. 한참 후에 동장으로부터 전화 연락이 와서 받았더니 찾아봤으나 끝내 행방을 알 수 없다는 통보였다. 아마도 돌아 가셨거나 아니면 다른 곳으로 이사를 가지 않았나 하는 생각이 들었다. 가슴 아픈 일이지만 찾는 것을 포기할 수밖에 없을 것 같다. 정말 안타까운 마음이 그지없다.

멀리 산다는 평계로 잘 찾아보지 못한 자신이 이렇게 후회가 되고 부끄러울 수가 없다. "잊을 수 없는 존경하는 선배님! 정말 죄송합니다. 용서하여 주십시오."하고 진심으로 용서를 빌어본다.

자서전과 유언장을 써보자

우리가 이미 보편화된 자서전은 나만의 인생을 담은 세상에 하나 밖에 없는 책으로 친지들을 위한 선물이다. 자서전 전문가는 자서전은 거창하고 어려운 것이 아니라 자신을 돌아보고 정체성을 발견하려는 사람이면 누구나 쓸 수 있다고 말했다. 자서전을 쓸 때 글쓰기로 접근하지 말고 과거를 회상하는 마음으로 접근해야 한다. 과거를 기억해 내려면 먼저 얘깃거리가 되는 자료를 모아야 한다. 일기, 편지, 사진을 활용하거나 연관된 장소를 찾아가 보는 방법도 있을 것이다.

내 마음에 뭔가 떠올랐다면 수필 형식으로 써보는 것도 좋을 것이다. 나의 출생, 친구, 가정환경, 일, 취미와 특기, 실패담과 성공담, 가족 이야기 등을 써 내려간다. 서술하는 방식은 세월에 따라 순서대로 쓰는 방법과 사건별로 정리해도 되지만 두 가지 방법을 병행해도 좋다. 자서전 앞에 머리말과 소감을 쓴다면 더 좋을 것이다. 혼자만 간직하기 아까운 내 인생 이야기는 인생의 중요 순간들인 사진, 글, 동영상 등의 자료를 활용해서 제작하면 될 것이다. 왠지 혼자서 막연하다면 전문 업체의 도움을 받는다면 좋을 것이다.

마무리에는 언젠가 다가올 세상과의 이별에 대비해 남겨진 가족, 친구 등 지인들에게 남기고 싶은 여러 가지 사항을 노트에 기록해서 떠나기 전 가족들에게 전달하면 훌륭한 자서전이 될 것이다. '사랑하는 나의 가족에게' 라는 제목으로 기록해서 형식에 따라 글과 사진을 쓰고 붙이면 되기 때문에 직접 자서전을 쓰기 어려운 어르신에게는 도움이 될 것이다.

웰다잉 문화연구소에서는 너무 감상에 젖지 말고 차분히 어린 시절, 청년기, 결혼, 첫아이 출생, 노년기 등을 뒤돌아보며 즐겁고 의미 있었던 일들, 세상에 남기고 싶은 말 등을 편안하게 쓰라고 했다. 조지오웰은 "자서전은 수치스러운 점을 밝힐 때만이 신뢰를 얻는다. 스스로 칭찬하는 사람은 십중팔구 거짓말을 하고 있다."고 말했다.

남은 가족에게는 임종의 방식, 장례식의 규모와 절차, 재산 정보, 유산상속을 정확히 적어 둬야 혼란을 주지 않게 된다. 컴퓨터의 이메일을 사용한다면 아이디와 비밀번호도 기록하는 게 좋다. 재산정보는 신분증, 도장, 현금, 신용카드, 연금, 부동산 권리증서, 채무관련증서, 세금영수증, 자동차 등록증 등의 보관 장소를 기록한다. 은행예금이나 보험, 증권의 계좌번호와 비밀번호, 주식과 채권 목록도 빠뜨리지 말아야 한다.

특히 유언장의 유산상속은 분쟁이나 갈등 등 사후 발생할 수 있는 혼란을 막기 위해 법적 효력을 갖춰야 한다. 법적으로 유효한 유언은 자필증서, 녹음, 공정증서, 비밀증서, 구수증서 등 이다. 가장 많이 이용되는 자필증서 유언이 법적 효력을 가지려면 민법이 정한 유언장 작성 요건에 맞춰 쓰고 공증을 받아야 한다. 반드시 자필로 쓴 뒤 작성연월일, 주소, 이름을 적고 도장까지 찍어야 한다. 이 중 어느 하나라도 빠지면 법률적으로 인정받지 못한다.

웰다잉 전문가들이 특히 강조하는 것은 용서와 화해이다. 과거 심한 다툼과 미움으로 인연을 끊고 있는 친구나 가족이 있다면 먼저 다가가 용서와 화해를 통해 관계를 정립해야 한다. 가슴에 맺힌 한과 응어리를 고사는 것은 고통스러운 일이다. 추억 속의 친구나 친지들이 멀리 있어 자주 볼 수 없었던 친지들을 찾아가 보라고 권하고 싶은 내 마음이다.

자원봉사 활동이란 무엇인가?

우리가 살아가는 지역사회는 수많은 문제점을 가지고 있다. 가난하고 고통받는 이웃과 더러운 환경, 무질서한 거리 등 많은 문제가 해결의 손길을 기다리고 있다. 예전엔 국가 또는 정부가 다 해결해야 한다고 생각했다. 그러나 오늘날의 자원봉사는 우리 시민들이 지역사회를 향해 나서는 활동을 말한다.

자원봉사의 어원은 자유의지라는 뜻을 가진 라틴어 볼런터스(Voluntas)에서 유래되었으며 영어로는 볼런터리즘(Voluntarism)이라고 표현하며 자원봉사자를 볼런티어(Volunteer)라고 부르고 있다. 자원봉사 활동을 한마디로 정의할 수는 없지만, 우리 주변의 불우한 이웃들의 육체적 정신적 조건을 개선하는 작업을 뜻한다고 하겠다. 즉 모든 사람이 행복하게 살아가는 복지사회 실천을 위하여 자발적으로 반대급부 없이 참여하고 협력하는 사람의 체계적 노력이라고 할 수 있다. 자원봉사 활동은 파괴된 인간성을 회복하고 행복을 유지하기 위하여 바람직한 환경을 자발적 노력으로 지역사회 문제를 해결하기 위해 나서는 것을 말한다.

2011년 6월에는 제주상록봉사단원 모집이 있어 나는 지원서를 제출하고 봉사단의 회원이 되었다. 나이가 많은 우리가 무엇을 할 수 있을까 하고 걱정이 되었으나 올해로 수년 동안을 즐거운 마음으로 어려운 이웃을 위하여 봉사한다는 긍지를 가지고 열심히 봉사활동에 참여하고 있다.

자원봉사는 자신이 가지고 있는 재능, 에너지, 물질, 시간, 능력을 스스로 내놓아 이웃과 지역을 바람직한 방향으로 변화시키기 위한 활동인 것이다. 이는 특별한 사람에 의해 수행되는 특별한 활동이 아니며 모든 사회구성원이 언제 어디서라도 참여할 수 있는 활동으로 자신과 가족이 차원을 넘어 타인과 지역사회의 복지를 향상 시키는 역할을 담당하고 있다.

따라서 우리가 생활 일부로 여기고 꾸준히 실천해야 할 덕목이며 우리에게 당연히 삶의 일부로 자리매김하여 적극적으로 참여해야 할 것이다. 지금까지 사람들은 자원봉사라고 하면 소년·소녀 가장, 장애인, 노인 등을 먼저 떠 올리거나 사회복지시설에서 봉사활동을 하고 있는 사람들이라고 이해해 왔다. 그래서 사람들은 박애 정신에 의한 자선활동을 자원봉사 활동으로 잘못 이해하기도 한다. 자원봉사 활동은 단순히 자선활동 또는 선행이 아니다. 자선이나 선행에 가치를 부여하여 사람과 사회를 변화시키는 변화 활동이기 때문이다. 아무리 큰일이라고 하더라도 단순히 돕는 행위에 그친다면 그것은 자선 또는 선행일 뿐으로 자원봉사라고 할 수 없다.

우리는 더 이상 자원봉사를 나보다 못사는 이웃을 위한 희생이라고 생각하지 말자. 자신의 시간과 재능을 이웃과 기꺼이 나눔으로써 서로의 모자란 부분을 보태주고 더불어 행복한 공동체를 만드는 것이 자원봉사 활동이라고 생각한다. 늙은이가 후회하는 세 가지 항목 중 그 하나가 "좀 더 베풀지 못한 여한"이라고 한다. 나눔이란 돈과 물질을 지원하는 것만이 전부가 아니라 평생 축적해온 자신의 지혜와 경험을 나누고 관심과 배려로 상대에게 다가서는 자세라고 생각한다.

여러 사회 문제를 예방하고 해결하는 한 방법으로서 자원봉사 활동은 큰 의미를 가지고 있다. 자원봉사는 우선 마음의 평화, 자기 존엄성, 지역사회 존중의 감정을 가져다주고 개인의 올바른 판단력과 개인의 사교 범위를 넓혀 새롭고 유익한 친구를 사귈 기회를 제공해 주고 있다. 우리 봉사자의 권리와 의무로서 행하는 자원봉사 활동의 필요성은 새삼 다시 말할 여지가 없다고 하겠다.

시 자원봉사센터에서

잔소리에 내가 장수한다

　내가 결혼한 지도 어느덧 49주년이 되었다. 그동안 가난하지만, 화목하고 행복하게 살아온 것은 그 많은 어려움을 이겨내고 열심히 살아 준 아내가 있었기에 가능했다.

　아내는 '안'과 '해'가 결합된 낱말이라고 한다. '집안의 해'라는 뜻이다. 아내가 따뜻한 마음을 가지면 부부 사이도 좋아지고 자식들도 그를 본받으니 모두가 편안해진다는 생각이다.

　아내는 요즘 집에만 있는 남편이 대단히 못마땅한 모양이다. 오늘도 일어나면서부터 아내의 잔소리가 시작된다. '얼른 아침 식사 하지 않고 뭘 하세요!'부터 시작한다. 집에서 놀면 집에만 있지 말고 나가라고 하고, 어디 행사나 강좌가 있어서 나가면 가만히 있지 않고 무슨 살 일을 한다고 돌아다니냐고 잔소리다. 하지만 나로서는 안 해도 될 말을 허구한 날 하고 또 하고 있다는 생각이 된다.

　요즘 와서 나는 부부라는 게 무엇인가에 대하여 다시 또 생각해 보곤 한다. 아무리 생각해 봐도 내게는 마누라가 있어 그 때문에 살아가는 이유가 된다고 생각을 했다. 혼자 사는 남자보다 아내와 함께 사는 남자가 평균 수명이 더 장수한다고 한다.

아내가 남편을 잘 보살펴 줘서일까. 사랑을 하는 게 수명을 늘리는 것일까. 아니면 맛있는 음식을 먹여주어서일까. 수족관에 물고기가 일찍 죽는 것은 긴장이 느슨해져 제멋대로 놀다 보니 긴장이 풀리고 운동량이 떨어져서라고 한다. 그러나 그 수족관에 작은 상어 한 마리를 풀어놓으면 물고기들은 상어에게 먹히지 않으려고 열심히 피해 다닌다. 그래서 긴장된 물고기는 죽지 않고 오래 살아남는 것이다.

우리 인간들도 마찬가지다. 아내가 있으면 항상 움직여야 하고 긴장하게 된다. 이 세상에 어떤 남편이라도 아내로 인해 긴장하지 않는 사람이 있겠는가. 남편은 평생을 긴장하며 움직일 각오와 태세로 살아간다. 그 결과 남편은 수명이 늘어나게 마련이다. 혼자 사는 남자는 긴장할 일이 없다. 하지만 아내가 있으면 항상 신경을 써야 한다. 게으름이나 한눈을 팔거나 양말을 벗어서 아무 데나 버리지 못한다. 여하튼 일거수일투족을 조심해야지, 그렇지 않으면 아내의 잔소리는 바로 퍼부어진다. 그 잔소리에 남편은 긴장하고 거기에 반응해야 한다. 아무튼 아내는 게으르고 편안해지려는 남편을 가만두지 않는다. 수족관의 상어 역할을 톡톡히 해낸다. 아내란 참으로 고마운 존재이다. 남편의 수명을 늘려주니까 말이다. 그러므로 남편은 아내에게 감사해야 하며 아내의 명령에 복종하려고 노력해야 한다.

그 외 아내 덕택에 남편의 수명이 연장되는 이유가 한 가지 더 있다. 남편은 아내를 벌어먹여야 한다는 책임감 때문에 항상 고민하며 살아간다. 그래서 남편은 머리를 쓰게 되고 그 결과로 수명이 연장된다. 두뇌 노동자가 육체노동자보다 오래 산다는 것은 이미 알려진 사실이다. 그런데 바로 아내가 남편에게 두뇌 노동자가 되도록 돕고 있는 것이 아닌가.

아내의 고마움을 알도록 하자. 옆에서 함께 지내면서 조금만 잔소리를 들어주면 늙어가는 남편을 뒷바라지해 주는 아내가 고맙지 않을 수 없다. 비벼보고 살아봐도 안성맞춤 형인 내 마누라! 지금의 마누라가 내 그릇엔 딱 맞는다. 알콩진 마누라의 맛 그 맛에 취해서 지지고 볶으며 새로운 맛을 찾아 내일을 기대하며 살아가야 한다. 아내의 고마움을 알도록 해야 한다. 잔소리를 고마워하라, 아내의 바가지에 고마워하라. 아내에게 감사하라.

그래서 이제는 마누라에게 헌신하는 사람으로 변해야 모두가 행복하게 오래도록 살게 되지 않겠는가. 나의 남은 삶이 길지 않으니 더욱 소중한 사랑의 마음으로 맞춤형인 마누라와 열심히 살아야겠다.

절물 자연 휴양림

산악인은 산이 좋아 산으로 가고. 심마니는 산삼을 캐기 위하여 산으로 간다는데 나는 지난달 절물 오름을 오르고 건강에 좋다는 삼림욕을 하기 위해 제주시 절물자연휴양림을 찾아갔다. 일 년에 한 번 가기도 어려운 나들이였지만 십여 명의 아내의 친지들과 남자 두 명이 끼어서 동행하였다. 이곳 절물휴양림은 숲이 있고 약수가 있고 절물 오름이 있어 많은 사람이 찾고 있는 곳이다.

차에서 내려 나무숲에 발을 내딛는 순간 신선한 피톤치드가 내 몸을 감싸는 상큼함에 취해 버렸다. 하늘에 닿을 듯이 늘어선 진입로의 삼나무 길은 언제 보아도 그 웅장함에 압도됨을 느낀다. 휴양림 진입로 한쪽에는 조약돌을 촘촘히 박아놓아 맨발로 걸으면 혈액순환도 잘되고 그렇게 건강에 좋다고 한다. 남들이 하니 나도 한번 걸어 보았는데 발바닥이 너무 아파 걸을 수가 없다. 오랜 시일 훈련을 거듭해야 걸을 수 있으리라고 생각된다.

지난해와 비교해 휴양림 경내가 잘 정비되고 많이 확장되었다는 느낌이 든다. 워낙 정갈한 숲인데 관리가 잘되니 더욱 정결해진 것일 거다. 숲 아래 여기저기 공간엔 새우란을 심어 목책으로 둘레를 둘러놓는 등 세심한 손길이 느껴졌다. 부지가 300ha 나 되는 광대한 숲인데 반은 천연림이고 반은 인공림으로 조성되었다. 개장한 지 십여 년이 넘었지만, 예전부터 사람들이 많이 찾는 곳이다. 지금은 제주시청사업소로 되어 있어 관리체계가 더 잘 짜여있고 예산지원도 잘되고 있으리라고 생각된다.

숲속의 집, 수련장, 놀이시설, 목공예 체험장, 숲속의 문고 같은 시설들이 들어선 것도 이곳 휴양림의 위상이 많이 높아질 수밖에 없음을 보여 주고 있다. 그리고 숲속의 문고에는 나도 십여 권의 책을 기증한 바도 있다. 특히 숙박 시설은 숲속이라는 분위기가 자연 친화적이라 너무 좋았다. 이름도 모르는 새들의 울음소리와 원초적 자연의 숨 쉬는 풍경을 보고 느낄 수 있음은 신이 배려라는 생각이 든다. 이곳에서 세상사 다 잊고 하룻밤 자고 갔으면 숲속에서 숲을 마음껏 느끼게 해줄 것이라는 생각이 든다. 이곳은 생태체험의 장으로 주목받는 절물 자연 휴양림 내 장생의 숲길 11km를 새로이 조성하여 이용객 건강 증진을 위한 특화된 숲길로서 이곳 장생의 숲길과 너나들이 길을 찾는 이에게 만족감을 줌과 동시에 명품 휴양생태 관광지로서 손색이 없을 것이다.

그리고 절물자연휴양림이 청소년들의 현장 체험 학습장으로도 인기를 끌고 있는 것은 목공예 체험장 등 다양한 체험학습 인프라를 갖추고 있는 것으로 생각된다. 특히 목공예 체험장은 휴양림에서 나오는 폐목을 재료로 해서 목공예물 100여 점과 나무 부산물을 이용해서 모빌, 나무곤충, 솟대 등 장식품을 전시하고 있어 청소년 학생들의 관람이 많이 이루어지고 있다. 그래서 절물자연휴양림이

날이 갈수록 자연 속에서 생태체험을 통해서 자연의 소중함을 인식하고 숲에 대하여 많은 청소년들의 생태체험 학습장으로 주목받고 있다.

이곳 휴양림은 수종이 다양하다. 삼나무를 비롯한 소나무, 때죽나무, 산뽕나무, 보리수나무, 굴거리나무, 산딸나무 등의 나무와 더덕, 두릅 등의 산나물 종류도 다양하게 분포되고 있어 헤아리기 어려울 정도로 나무가 많다. 이곳은 각종 나무들이 자연 그대로 보호 관리되고 있어 자연생태 학습을 즐길 수 있는 최고의 열린 시민 공간이라고 생각한다. 아내의 친구분들과 같이 절물 오름을 올랐다. 오름 정상의 정자에 올라 사방을 내려다보니 온 세상이 모두 내 발아래 있었고 정말 가슴이 시원했다. 산에 오르는 모든 사람들은 이런 상쾌하고 통쾌한 맛을 보기 위해 산을 오르는 것인지도 모르겠다.

오름에서 내려오다가 절물 약수터를 찾았다. 아무리 가물어도 절대 마르지 않는다는 약수는 신경통, 위장병에 특효가 있어 예전부터 도민들의 사랑을 받아왔다. 한쪽 돌로 쌓은 바람벽에 여남은 개의 표주박이 걸려 있었다. 표주박으로 약수를 떠 마셨다. 땀을 흘리고 난 터라 가슴이 시원함이 온몸에 전파되었고 청량감이 오장육부를 씻어 내리는 것 같았다.

약수를 마시고 난 후 이곳 휴양림 경내를 살펴보니 삼나무 원목의 산책로가 이리저리 길 따라 놓여 있다. 이리 휘고 저리 휘는가 하면 가파른 길에도 오르내리게 깔아놓아 숲과 원목 소재의 길이 어우러지면서 사뭇 운치 있어 보인다. 그리고 여기저기 많은 나무 평상들이 흩어져 있다. 온통 숲 그늘인데 목제평상들이 이곳 절물

휴양림에 온 사람들을 쉬어 가라고 유혹한다. 이곳에 오면 사람들이 모두 정다워지는지 모르겠다. 갑갑하던 가슴에 시원한 물꼬 한 줄기 소리 내어 흐른다. 복잡한 일상을 잠시 접고 한 열흘쯤 이 깊은 숲속에 묻혀 보았으면 하는 충동이 가슴을 휘젓는다.

이곳 제주절물자연휴양림은 인간과 동물이 공존하는 노루생태공원과 4·3 희생자 추모 그리고 유족위로공간인 제주 4·3평화공원이 가까이 끼고 있어 세 곳이 벨트를 형성하고 있다. 언제 다음에 기회가 되어 이곳 절물자연휴양림에 다시 오게 되면 최소 1박 2일 정도 여유 있게 계획해서 충분히 보고 만족히 쉬고 느끼고 갔으면 정말 좋겠다는 생각이 들었다.

정직한 복명

나는 지금부터 50여 년도 더 지난 이야기를 생각하고 떠올리며 글을 써보고자 한다. 아무 직업도 없이 지내던 중 말단 공무원에 합격하고 내가 초임 발령을 받고 부임한 곳은 A 군청이었다. 남과 같이 정상적으로 학업을 이수하지 못하고 순전히 독학으로 공부해서 공직에 발을 들여놓은 터라 너무나 세상을 몰랐다. 남이 좋은 것이라면 좋은 것으로 믿고 마는 숙맥이었다. 이런 나에게 같은 계에 선배님인 K주사님이 계셨는데 기안지 쓰는 법으로부터 시작해서 상관에게 결재받는 절차까지 모든 업무 요령을 지도하여 주시였다.

한 3개월쯤 근무하던 어느 날 나에게 출장 명령이 떨어졌다. 출장 목적은 투석식 수산증식 사업에 따른 추진 실태를 조사하고 복명하는 일이고, 보고 결과에 따라 사업지시가 나가게 되는 것이다. 나는 어촌계 사업 현장으로 출장 가서 조사한 결과 나의 계산으로는 사업추진 실적이 모자란 상태였다. 사무실로 돌아와서 복명서를 작성하려는데 직속상관인 계장님은 잘된 것으로 복명서를 작성하는 게 좋겠다고 하셨다.

신참인 나는 고민에 빠지게 되었다. 상관의 말을 들으면 양심에 부끄러운 일이고, 내가 조사한 데로 하자니, 상관에게 미움을 살 것이고 이러지도 저러지도 못해서 몹시 괴로웠다. 그러다가 선배인 K주사님에게 상의를 했다. "이 일을 어떻게 하면 좋겠습니까?" 하고 조언을 청했다. K주사님은 내 양심이 시키는 대로 하는 것이 최선의 길이라고 말씀하시면서 복명서는 복명 자의 책임이고 청렴결백한 공무원으로서 한 점 부끄러움 없이 업무를 수행하라고 하셨다. 그래서 나는 양심에 따라 정직하게 복명하고 그에 따라서 부족한 부분에 대하여는 보완토록 지시공문을 발송하여 이 사업이 원만히 잘 추진되도록 하였다.

같은 사무실에서 거의 2년 동안을 K주사님과 같이 근무를 하면서 많은 것을 배웠다. 나는 K주사님을 만난 것이 나의 30년 공직생활에 큰 지침이 되었다. 나는 그분에게 말로만이 아니라 실천하는 청렴결백을 배웠다. 내가 공직에 있는 동안 어떤 조그만 유혹에도 넘어가지 않고 꿋꿋하고 정직하게 정년 때까지 대과 없이 평생을 배우는 자세로 업무를 마쳤다고 생각한다.

그 후 나는 J시로 근무지를 옮겨가게 되었고 K선배님은 계장님으로 진급을 하시고 몇 군데 근무지를 옮겨가면서 근무를 하셨는데 평소 지병으로 투병하시다가 사랑하는 가족들을 남겨두시고 이세상을 하직하셨다는 소식을 접했다. 그분의 생전에 많은 가르침을 받았고 큰 은혜를 입은 터라 돌아가셨다는 소식을 듣고 아내와 함께 그분의 고향인 시골집으로 한나절에 걸려서 찾아갔는데 그 댁엔 가족이 한 분도 안 계셨으나 그분의 영전에 눈시울을 적시면서 향을 피워드리고 쓸쓸히 돌아왔다.

"항상 성실하시고 인자하신 K계장님!

점심시간에도 무언가 손에 들고 읽고 있는 K계장님! 언제나 공부하는 모습을 견지하시었다. 이 세상을 살아가면서 이런저런 인연으로 많은 사람과 서로 돕고 도움을 받으면서 살아가게 마련이지만 나와 K계장님은 그렇게 많은 인연 중에서도 대단히 큰 도움과 가르침을 받았던 인연이다. 그때의 미흡한 이 후배는 정년까지 근무하고 퇴직하였습니다. 이 모두가 선배님의 덕택임을 압니다.

존경하는 선배님의 영전에 삼가 명복을 빕니다."

제사란 무엇인가?

　우리 인류가 사는 곳에는 언제나 종교가 있었고 신을 공경하는 경신례(敬神禮)의 중심은 제사였다. 아주 먼 옛날 원시적인 생활을 할 때 천재지변이나 사나운 맹수들의 공격과 질병으로부터 보호를 받기 위하여 하늘과 땅 그리고 큰 산, 큰 물, 괴상한 큰 돌, 큰 나무와 조상님에게 절차를 갖추어 빌었던 것이 발전하여 오늘날의 제사가 된 것이다.

　제사는 돌아가신 조상님을 추모하고 그 근본에 보답하고자 하는 추모의 의례로 인식되고 있다. 이와 같은 현상은 조상 없는 자손이 없으며 내 몸이 있는 것은 오직 부모와 조상님의 은덕이므로 항상 그 근본을 생각하고 온 정성을 다하여 그 은혜에 보답하는 것이 도리에 맞는 것이라고 생각한다.

　옛날 조선시대에 제사의 규범서가 된 '주자가례'를 근원으로 해서 조선조 중기 도암 이재(李縡)선생의 '사례편람'으로 체계화되었다. 그 후 여러 학자들의 논쟁과 더불어 관혼상제의 의례도 변천을 거듭하였다. 이는 그 가문이나 계층에 따라 절차가 다소 다르게 전해질 수밖에 없었다고 한다. 그중 가장 번거롭고 이견이 많은 상례나 제례 역시 많이 간소화되었다. 오늘날에는 '가정의례준칙'에 의해 기제는 2대에 한하여 지내고 차례는 설과 추석에, 묘제는 한식 추석 또는 적당한 날을 잡아서 행하게 하였다. 그러나 여전히 우리 제사 관행으로 4대 친에 대한 기제와 아울러 설과 추석 등의 차례와 성묘가 중요한 제사로 인식되었으며 시제는 한식 또는 10월에 5대 이상 조상의 묘소에 묘제를 지내는 것으로 인식되었다. 처음 유교식 제례가 수용되었을 때 신분별로 봉사대수가 한정되어 있었다. 조선시대 '경국대전' 예전에 문무관 6품 이상은 3대 봉사, 7품 이하는 2대 봉사, 일반인은 부모만 세사 지내도록 하였다.

이렇게 봉사대수가 법제적으로 신분적 차등이 있었지만 '주자가례'를 실천하는 사람들을 중심으로 점차 4대 봉사를 행례하면서 관행적으로 신분의 구별 없이 4대 봉사를 하게 되었다. 사람이 죽으면 그 기의 파장이 약 100년 동안 변하지 않는다고 한다. 기의 파장이 변하지 않으므로 자기와 파장이 같은 후손과 함께할 수가 있다. 1대를 25년으로 하면 4대조는 100년이 된다. 돌아가신 분은 100년 동안이 바로 자기의 가족이나 후손과 함께할 수가 있는 것이다.

살아생전에 착하고 어질게 살아 높은 영계에 가 계신 조상 영은 후손을 위해 여러 가지 도움을 주고 보살펴 주려고 애쓰지만, 생전에 인간됨이 천박하거나 악독했던 사람, 혹은 어려서 세상물정 모르고 죽은 소위 철부지 귀신들은 후손을 못살게 굴고 온갖 나쁜 짓을 서슴지 않는다고 한다. 파장이 맞는 4대조 이하 조상 영은 그 후손의 몸에 임할 수 있다. 조상의 영혼이 후손의 몸에 들어오는 것은 우리가 TV의 채널을 맞추어서 특정한 방송국의 방송을 수신하는 것과 같은 이치이다.

우리 인간의 죽음이란 끝이 아니라 새로운 시작이다. 지상에서의 죽음은 천상에서 영혼으로 다시 태어나는 새로운 시작을 의미한다. 즉 제삿날은 천상에서의 생일날과 같은 것이다. 사람에게는 혼과 넋이 있다. 사람의 몸은 육체와 유체로 구성되어 있다. 육체는 우리가 만질 수 있는 물질적으로 된 몸이고 유체는 그윽하다 숨어있다는 뜻의 유(幽)자를 쓰는데 이는 보이지 않는 몸이라는 뜻이다.

제사는 내 생명의 뿌리에 대한 보은이다. 나의 부모가 살아계실 때 하지 못한 효도를 사후에라도 공경하는 것은 인도의 상정이다. 제사는 조상신이 오시는 것은 아니지만 오신다는 마음가짐이 중요하다. 정성이 있으면 신이 있고 정성이 없으면 신이 없다는 말이다. 즉 아무리 풍성한 음식을 마련하더라도 가족 간에 갈등이 있는 채로 제사상을 마주하면 그 음식을 드시는 조상님은 당연히 마음이 편치 않을 것이다. 유교의 제례문화가 종법에 기반을 둔 한 집안의 혈연적 정통성을 확인하고 보장하는 제도이다. 제사에서 제주는 반드시 종손이 되는 전통이, 제례문화에 스며있는 위계상을 보여준다.

제례문화의 개선과 관련하여 우리 생활의 편의성 증대인가, 제례의 근본정신을 변화된 현실 속에서 제대로 구현하기 위한 방법의 모색인가의 문제이다. 조상 제사는 살아있는 후손의 화합과 결속을 위한 것이다. 축문만 보더라도 세월이 흘러가면 언젠가는 한글세대에 맞게 자연스럽게 고쳐질 것이다. 축문이 무슨 뜻인지도 모르고 듣고만 있어야 하는 한글세대는 얼마나 답답하겠는가! 따라서 조상 제사 때문에 가족 간에 갈등과 반목이 생긴다면 그 시대의 흐름과 변천에 따라서 이를 원만하게 해결하는 방향으로 변화를 모색해야 한다. 그 시대에 맞게 고쳐야 하는 게 현명한 처사이며 그렇게 하는 것이 조상을 향한 후손의 도리이고 효심이 아닐까 하는 게 나의 생각이다.

제주 4·3은 끔찍한 비극이었다

제주도민들에게 4·3은 되새기고 싶지 않은 처절한 비극적 사태였다. 4·3 당시 내 나이는 아홉 살 어린아이에 불과했다. 70여 년이 지난 지금도 제주 4·3은 좌우의 갈등을 끝내지 못하고 있으니 안타까운 일이 아닐 수 없다. 1945년 일본의 항복으로 우리나라는 광복을 맞이하여 일제의 탄압과 착취를 안 받고 살게 되었다고 기뻐했을 것이다. 그 당시 마을의 유지라는 사람들은 제주에서 부자로 잘 사는 사람들의 재산도 모두가 공동소유가 된다고 하며 토지도 모두가 나라 소유가 된다고 하였다. 모두가 같이 일하고 수확물도 똑같이 나누어 먹고 살게 된다고 하였다. 부자나 가난한 사람이 없고 높은 사람이나 낮은 사람도 없이 모두가 평등하게 잘 사는 나라가 된다고 소문을 퍼트렸다.

이념 갈등으로 어수선한 그 시절에 4·3사건으로 인하여 저질러진 인간에 대한 비이성적인 일들이 얼마였는가! 일제 강점기에는 일본 놈들에게 수탈을 당하였고 이제 해방이 되어서 잘살게 될 것으로 생각했는데 무식한 제주 백성들은 때로는 억울해서 울었고 때로는 서글퍼서 가슴 조이며 울었을 것이다. 이렇게 저렇게 고통으로 시달린 건 무식한 백성들 뿐으로서 이러한 비참한 일이 앞으로는 이 땅에 결코 다시 있어서는 안 될 것이다.

4·3은 한국전쟁 다음으로 인명피해가 많았던 비극적인 사건으로 인명피해만 25,000~30,000명으로 추정된다. 제주의 중 산간 마을 대부분이 초토화되는 등 그 피해가 실로 막대하였다. 그럼에도 불구하고 그 유족들은 40여 년이 지나도록 연좌제와 레드콤플렉스에 시달리고 치욕을 당하며 살아왔다.

4·3사건으로 인하여 내 아내는 부모를 잃고 본인의 선택과는 상관없이 이 사회에 고아로 내던져졌다. 그러나 아내는 부모의 품에서 양육을 받지 못했으나 조모가 계시어 조모의 품에서 언니와 같이 그리 큰 고생 없이 자라게 되었다. 그래서 흔히 고아들에게서 나타나는 현실도피, 수동성, 사회에 대한 불신, 태어남에 대한 죄책감, 도와주길 바라는 의존심, 비굴한 열등감 등이 전혀 나타나지 않고 착하고 바르게 자란 것은 다행한 일이 아닐 수 없다.

조모님의 보살핌으로 자라면서도 다른 아이들이 부모님 슬하에서 살아가는 걸 보고 부모님이 얼마나 그립고 보고파서 수많은 밤을 남모르게 베갯잇을 적시며 지새웠을까! 하는 생각을 하면 가슴이 아리다. 아내는 4·3의 서러움을 이겨내고 초등학교를 졸업하고 집에서 말총으로 모자 짜는 기술을 배워서 다른 사람들보다 맵시 있고 예쁘게 짜서 오일시장에 가면 상인들에게 인기가 좋아 시세 나게 팔렸다고 했다. 그것으로 많지는 않았지만, 돈을 모아서 시집올 때 결혼 비용으로 감당했다니 정말 기특하지 않은가! 내가 총각 시절에 신붓감은 농촌에서 좀 똑똑한 아가씨를 원했는데 바로 내가 원했던 착하고 똑똑하고 살림살이까지 잘하는 내 아내였기에 나는 무조건 좋았다. 요즘 나이가 들어가면서 좀 거세지기는 했어도 나는 아내를 착하게 잘 키워 준 처조모에 대한 고마운 마음을 늘 가지고 살고 있으며 지금도 아내에 대한 불만은 전혀 없이 살아가고 있다.

한편 세계의 유명인사들 중에는 부모 없이 자랐거나 한쪽만 잃은 사람들도 많이 있다고 한다. 버트렌드 럿셀, 링컨, 간디, 뉴턴, 미켈란젤로, 니체 등 생각보다 훨씬 많은데 이들이 어려운 환경을 극복하고 이렇게 훌륭한 사람으로 성장한 걸 보며 위안을 받아야 하지 않을까!

제주 4·3사건 이후 70여 년이 지난 현재 내 아내를 포함하여 많은 제주 사람들은 그 후손까지도 가슴속에 병이 들어 있다고 생각한다. 아무리 긴 세월이 흐른다 해도 아물지 않는 상처로 그들에게 남아있을 것이기 때문이다. 이제 4·3은 국가추념일 지정 등 많은 성과가 있었으나 이들에 대한 상처를 어떻게 해결해야 할 것인가.가 과제라고 생각한다. 그 어느 누구도 제주 4·3이 완전히 해결됐다고 말할 수는 없다. 정부와 국회는 현실과 맞게 전향적인 조치가 필요하다고 본다. 올바른 과거사 청산은 해원을 넘어 상생과 평화로 이어져야 함이 그 전제 조건이라고 생각한다. 윈스턴 처칠은 "역사를 잊은 민족에게 미래는 없다."고 했다. 과거의 잘못을 뉘우치고 반성함으로써 다시는 잘못된 길을 가서는 안 된다는 것이다. 정부와 국회에서는 유족들의 아픔을 달래주는 일, 앞으로 4·3의 진상 규명과 명예 회복, 희생자에게 타당한 국가 배·보상, 행불자에 대한 유해 발굴 등이 풀어야 할 과제이다.

정부와 국회는 여러 가지 사업들을 통해서 제주 4·3을 널리 알리고 평화사업 등을 통해 과거에 머무르지 말고 이 역사의 처절한 상처를 교훈 삼아서 인권과 평화의 소중함을 만방에 일깨워야 할 것이다.

4·3은 '황무지'의 잔인한 4월과 유사하다

1945년 8·15 태평양 전쟁이 일본이 항복으로 끝이 나자 제주에 주둔했던 7만여 명의 일본군은 군 시설을 파괴하고 일본으로 물러갔다. 그 대신으로 미국이 군정을 실시하려고 1945년 11월에 업무를 담당할 군정중대가 우리나라에 도착했다. 1947년 3·1절 행사시에 일어난 3·1절 경찰 발포 사건 이후 지속적으로 미군의 탄압이 4·3사건의 주요 원인이었다고 볼 수 있다.

이때 경찰의 발포로 애매한 제주도민 6명이 희생되었으며 이는 4·3의 한 원인이 된 것이다. 그때 극우단체로 청년단체인 서북청년회 단원들이 제주에 들어와서 빨갱이를 사냥한다는 명목으로 테러를 일삼았고 도민의 민심을 자극했으며 이는 4·3사건 발발의 큰 요인이 되었다고 생각한다. 1948. 4. 3일 새벽 02:00경 한라산 기슭 오름에는 봉화가 붉게 타오르면서 남로당 제주도위원회가 주도한 무장봉기가 시작된 것이다. 그 당시 내 나이는 아홉 살 어린아이에 불과했다.

1948년 10월부터 1949년 3월까지 제주도민에 대한 초토화 작전으로 인하여 토벌대에 의해 무고한 제주도민이 대량 집단적으로 살상 피해를 입은 것이다. 이는 무장대를 진압하는 과정에서 강경 진압으로 인한 국가 공권력에 의해 제주도민들이 많이 희생되었다고 볼 수 있다. 이때 서북청년단원들이 대거 제주도에 들어와서 각종 만행을 저질렀다. 이렇게 대량 학살로 인하여 제주도민의 10%인 3만여 명이 희생되었다.

이들 토벌대는 좌익세력 토벌보다는 무고한 제주도민을 향한 학살극이었다고 해도 과언이 아니다. 4·3사건을 민중의거로 포장한 것은 대단히 잘못된 것이다. 제주 학살과 4·3 봉기는 제주 4·3 항쟁으로 불려야 할 것이다. 이의 역사적 명칭이 조속히 정해지기를 기대한다. 4·3 희생자의 후손들과 가까운 친척들은 수십 년 동안을 국가보안법의 족쇄로 인하여 공직에 입문하고자 해도 신원조회에 걸려서 공직 입문이 안 되었던 관계로 그 피해가 말할 수 없었지만 1981년도에 연좌제가 폐지되면서 그 굴레에서 벗어났으나 유족들의 정신적 고통은 지금도 진행되고 있다고 하겠다.

제주 4·3사건은 제주인들에게 쉽사리 치유되지 않는 아픔으로 깊이 각인되어 있다. 4·3 트라우마라 불리는 것은 타당하다 할 것이다. 내가 어렸을 때 일어난 일이라 잘은 모르지만 윗 어르신들로부터 전하는 끔찍한 이야기만으로도 몸서리치게 된다. 이념의 노예가 된 자들이 벌리는 판에 영문도 모른 채 휘둘려 죽창과 총칼로 희생된 이들의 원통한 넋이 우리들 주변에 숨어들어 있으니 이 어찌 서럽다하지 않겠는가!

희생자에 대한 보상을 위한 희생자 명예회복에 관한 특별법 개정 법률 안이 국회에서 심의 의결되고 개정안이 통과되었다. 유족에 대한 보상금 지급 등이 이루어지면서 넋을 일정부분 위로하게 된 것은 그나마 다행스러운 일이다. 그럼에도 아직까지 그 후유증이 해소되지 않고 갈 길이 먼 것 같은 것은 도민들이 입은 상처가 그만큼 크기 때문이다. 유족들은 피해회복 내용으로 피해 및 명예회복과 금전배상, 재발 방지 등을 제시하고 있는 것이다.

제주 4·3특별법 개정안이 국회를 통과하면서 여러 4·3 기관과 단체들이 일제히 환영했다. 앞으로도 지속적으로 4·3 해결 과정에서 제주도민들은 협조를 하도록 해야 할 것이다. 폐허 속에서도 희망의 싹이 자라고 있다는 역사적 의미를 내포하고 있음을 우리는 알아야 할 것이다. 긍정적이고 진취적인 변화를 갈망하는 국민들의 바라는 희망이 아니겠는가!

4·3 이후에 제주의 시민단체 및 유족회가 참여하는 4·3특별법 개정 운동이 지속적으로 진행된 결과로 인해 2021년 희생자 유족에 대한 보상 추가 진상조사, 수형인 재심 등의 내용을 담을 특별법 개정안이 국회를 통과했다. 이러한 4·3 진상 규명이 성과와 지속적인 4·3의 해결을 위한 노력으로 제주도민들은 사회적 정신적 공동채적 중요성을 알게 되었다고 본다.

2021년 4·3특별법의 개정은 주민들의 집단피해에 대한 국가책임이 법적으로 인정되었다는 점에서 중요한 역사적 과정이라고 할 것이다. 유족들이 기대한 것보다 미흡할 수는 있지만 4·3특별법 개정 운동이 설정한 기본적인 목표에는 도달했다고 평가할 수 있다. 특히 특별법이 개정된 법을 통한 추가진상 조사는 4·3의 완전해결을 위한 마지막 공적사업이다. 당시의 유가족들이 나이가 연로해지는 시점에서 시행되기 때문이다.

4·3 진상조사의 결과를 통해 진정한 정의 실현과 명예회복의 근거자료로 확보해야 할 것이기 때문이다. 정치적인 이념과 현실적 이해관계로 4·3의 역사를 편견과 왜곡으로 덧칠했던 것을 바로잡고 지난날의 갈등을 해소하며 미래의 평화 화합의 길로 나가야 할 건이다.

4·3의 가치는 냉전과 분단에서 파생된 사건이기에 남북한의 4·3 인식은 공유되지 못하고 분열되고 있다. 당대 일어난 4·3의 역사적 성격으로 보는 평화 가치로서 통일과 자치적 공동체성을 들 수 있지만, 한국전쟁과 분단 고착화로 이러한 가치는 훼손되었다. 그러나 대한민국과 제주도에서 줄기차게 전개된 4·3 진실 추구 운동을 통해 본 4·3의 해결 과정과 평화통일 매세지는 그 평화 지향이 가치를 충분히 담고 있다고 본다.

이제 제주의 4월에도 희망의 새싹이 움트기를 간절히 염원하는 마음이다. 윈스턴 처칠 수상은 "역사를 잊은 민족에게 미래는 없다."라고 했다. 과거의 잘못을 뉘우치고 반성해서 다시는 잘못된 길을 가서는 안 된다는 것이리라.

제6부

평생 배우며 봉사하는 삶

제주성지와 오현단을 가다

　어느 늦은 가을 모 단체가 주관으로 하는 우리 조상님들 고난의 역사 문화유적지인 이곳 제주성지와 오현단을 답사하기 위하여 방문하였다.

　제주성지는 행정과 군사, 하천 범람에 대비하여 축조한 성으로 고려 말, 조선 초에 이르러 특히 왜구의 침입에 대비하여 축조한 성이라고 한다. 본성에 대한 최초의 기록은 1408년에 나타나는데 태종실록에 큰 홍수로 제주성의 관사와 민가가 침수되었고 3년 후인 1411년에 이에 대한 정비 명령이 내려졌다. 제주성은 1408년 이전에 축성되었음을 알 수 있다. 제주성의 규모는 세종실록지리지의 기록이 처음이라고 한다. 성의 둘레가 910보라고 하였다. 신증동국여지승람에는 석축 둘레가 4,394척 높이 11척이며 제주성은 산지천과 병문천을 자연해자(垓字)로 삼아서 축조되었음을 알 수 있다

　그 후 1555년 왜구 1,000여 명이 침략한 을묘왜변을 계기로 제주성은 규모를 확장하게 되었다. 1565년 부임한 목사 곽흘(郭屹)은 을묘년의 왜변을 되풀이하지 않기 위하여 동쪽으로 성을 확장하였다. 이로써 제주성이 옛 동문파출소에서 제주기상청으로 이어지는 성

곽으로 확장되었다. 그렇게 성을 확장함으로써 성 둘레가 5,489척이 되었고 산지천의 풍부한 수량도 확보하게 되었다. 이때의 성안에는 동·서·남 3문이 있었으며 남수구 북수구에 문이 설치되었다고 한다.

임진왜란 후에 1599년 목사 성윤문(成允文)이 부임하여 다시 제주성을 확충했는데 성 굽을 5척 늘리고 높이도 13척으로 높이는 대수축 공사를 단행하였다. 그리고 남수구와 북수구에 홍문(虹門)을 만들고 남수구 위에는 제이각(制夷閣)을 지으니 이를 남수각이라 불렀다고 한다. 제주성을 확충하는 공사를 칼바람 부는 겨울철에 벌임으로써 굶주림에 시달리고 돌에 깔려 죽는 등 다수의 사상자가 발생하여 백성들의 원망이 말할 수 없이 높아 이를 원축성(怨築城)이라고 불렀다고 한다.

그 후 1910년 전국에 내려진 읍성철거령으로 제주성도 헐리기 시작하였다. 1925~1928년 일제시대 산지항을 개발하면서 수백 년에 걸쳐 우리 조상들의 피땀으로 쌓아 놓은 성벽을 헐고 그 돌로 바다를 매립하는데 써버렸기 때문에 제주성은 그 자취를 찾기 어렵게 되었다. 제주성 자리는 대부분 도로와 주택가로 변해 버렸고 오현단 위쪽과 제주기상청 아래 등에 그 잔흔(殘痕)이 일부 남아있다. 한편 제주성지는 1971년 제주도기념물 제3호로 지정되었다.

다음에는 오현단(五賢壇)에 가보기로 하였다. 조선시대에 제주에 유배되었거나 관리로 부임하여 지방의 교학 발전에 공헌한 다섯 분을 기리기 위해 마련한 제단(祭壇)으로 오현은 1520년에 유배된 충암 김정(金淨), 1534년에 목사로 부임한 규암 송인수(宋麟壽), 1601년에 안무어사로 왔던 청음 김상헌(金尙憲), 1614년에 유배된 동계 정온(鄭蘊), 1689년에 유배된 우암 송시열(宋時烈) 등이다. 1871년 전국에 내려진 대원군의 서원철폐령으로 귤림 서원도 헐렸으나 1892년(고종29년) 제주유림 김희정(金羲正)이 중심이 되어 귤림서원 자리에 오현의 뜻을 후세에 기리고자 조두석(俎豆石)을 세우고 제단을 마련하여 제사를 지냈으며 현재는 제주시민과 오현의 후손들을 포함한 일부 관광객이 찾는 역사공원으로 활용되고 있다.

그리고 오현단에는 증주벽립(曾朱壁立)이라는 마애명이 있다. 이 증주벽립은 오현단 유적의 하나로서 귤림서원 서쪽 속칭 병풍바위에 새겨놓은 네 개의 글자이다. 원래 이 중주벽립은 송시열의 글씨로 성균관(成均館) 북쪽 벼랑에 새겨져 있었는데 제주 출신 변성우(邊聖遇)가 정조 10년(1786년) 성균관 직강(直講)으로 있을 때 탁본하여 온 것을 송시열을 기리는 뜻에서 철종 7년(1856년) 판관 홍경섭(洪敬燮)이 음각해 놓은 것이다. 그 의미는 증자와 주자가 벽(壁)에 서 있는 듯이 존경하고 따르라는 뜻이라 한다. 이곳 오현단은 1971년 제주도기념물 제1호로 지정되었다.

오현단이 시민들과 관광객의 공원으로 활용하고 있으나 시민들의 애완용 강아지 화장실로 사용되고 있는 것과 불량청소년들이 쌍쌍이 와서 낯 뜨거운 상황이 벌어지고 있고, 그리고 오현단 내에 화장실과 쓰레기통이 없어 각종 쓰레기장으로 변하는 실정이다. 이런 여러 가지 문제들은 공원을 이용하는 시민들이 의식개혁을 해야 할 일이지만 관광객 1,500만 명이 제주를 방문하고 있는데 여기 관광 제주의 꼴불견 작태가 계속되어서는 안 된다고 생각한다. 우리 조상님들로부터 물려받은 소중한 문화유적을 길이 후손에게 물려주어야 함을 다시 한번 깊이 생각하고 아름다운 관광지에 살고 있는 우리는 많은 고민을 해야 하지 않을까.

조선시대 사색당쟁의 폐단

　사색당쟁은 조선시대에 있었던 네 개의 붕당으로 노론 소론 남인 북인의 4대 당파를 말한다. 선조 8년(1575년)에 시작되어 조선조의 남은 기간을 관통한 이 집단 쟁투는 조선을 망친 폐단이었다. 오늘날에도 도를 넘는 당파 싸움의 유전적 형질을 벗어나지 못했기 때문이라고 비판하고 있다.

　임진왜란 이전에 일본의 정세를 파악하러 갔던 통신사 황윤길과 김성일이 서로 다른 보고를 하는 바람에 외침에 대비할 기회조차 마련하지 못했다. 한국의 역사적 고비마다 등장하는 국론분열 사태는 당쟁에 뿌리를 두고 있다는 주장이 확산되고 있다. 이러한 해석은 오늘날의 질곡을 넘어 내일의 지평을 열어가는 동력을 결코 생산하지 못한다.

　500년 왕국을 이웃 나라에 빼앗기게 된 요인인 사색 당쟁의 시발은 사림 양반들이 이조정랑의 자리를 놓고 대립을 하였으며 또한 매사에 다른 의견은 용납하지 않고 이합집산을 거듭하였다. 이들은 임진왜란과 병자호란을 겪으면서도 투쟁을 위한 투쟁, 반대를 위한 반대를 계속했으며 구한말에는 여러 각종 파벌로 나뉘어 종국에는 유사 이래 처음으로 일본에 나라를 잃고 말았다. 내 생각으로는 당쟁하는 국회의원을 포함해서 모든 사람은 나라와 국민을 어떻게 하면 안전하게 살아가게 할까 하는 고민을 해볼 것도 없이 싸움만 해서 자기 당이 이기기만 바라는 인사들이라고밖에는 생각할 수 없다.

일제 강점기 식민통치자들은 끊임없이 조선의 역사를 비하하고 당쟁을 원흉으로 몰았다. 조선 사람들은 무리 짓기만 하면 싸우기 때문에 사색 당쟁이 생겼고 국론을 통일할 능력이 없기 때문에 일본에 의존해야 한다는 주장을 내세웠다. 이것이 바로 '식민사관'인데 우리의 교육훈련장에 도입되는 악순환을 반복해 온 것이다.

역사는 돌고 도는 것으로 작금의 국제정세는 미국과 중국이 패권을 다투고, 미국과 일본은 새로운 밀월 시대를 열어가고 있으며, 악화된 한일관계는 출구가 보이지 않고 한반도를 둘러싼 4강은 어느 하나 아군이라고 말할 수 있는 국가는 없다. 아직도 한반도는 북한 김정은의 독재정권이 한국민의 행복 추구권을 위협하고 있는 실정이다. 우리 한국만 국제고아처럼 제자리를 찾지 못하고 있는 것이 100년 이전 구한말의 조선 반도 정세와 너무나 흡사하다.

또한 지금의 우리 경제는 저성장 위기가 고조되고 일자리가 사라져 가는 등 어려움이 계속되고 있는데도 여야 정치권은 민생과 국익은 아랑곳없이 계파이익과 진영논리에만 빠져 각종 민생법안이 수년째 국회에서 낮잠을 자고 있다. 국회의원만 되면 모든 일을 잘하겠노라고 소리친 그들이 일은 안 하고 싸움만 하면서도 국민의 낸 세금을 세비로 잘도 받아 가는 그들이 정말 한심하다 할 것이다.

우리는 세계 10위권의 경제 규모와 70년의 민주주의 경험하고 있으면서도 유독 정치권만 시대의 변화를 수용하지 못하고 전근대적인 수준으로 낙후되어 있으며 3선 의원만 되면 누구나 대통령을 꿈꾸고 대통령을 뽑아 준 국민은 5년간의 볼모로 악순환이 계속되고 있는 것이라고 나는 생각한다.

정쟁 없이 정치가 평온하기만 한다면 이는 봉건시대의 전제 군주국가이거나 북한과 같이 일당독재 체제라는 말이 된다. 정쟁 자체가 위험한 것이 아니라 그 과정에 상대방을 동반자로 수용하는 금도가 망실되었을 때가 문제이다. 이 보편적 규범을 지키면 서로 다른 정파 간의 경쟁과 견제는 오히려 긍정적 효력을 산출할 것이라고 생각하는 것이다.

한국 정치권은 사색 당쟁의 성립 그리고 분화 과정과 매우 유사하게 서로 간의 이합집산을 거쳐서 4, 5개 정당으로 재편되었다고 본다. 역사는 반복되는 것이라는 옛말이 그릇이 없다면 과거의 역사에서 교훈을 얻지 못하는 민족에게 미래가 없다는 영국의 윈스턴 처칠 수상의 말을 새겨들어야 할 것이다.

우리는 사색 당쟁에서 얻은 아픈 역사의 가르침을 타산지석으로 삼아야 할 것이다. 지금의 4, 5개 정당이 과거 사색의 전철을 밟지 않고 그것을 반면교사로 하여 발전적 역사의 단계를 열어가려면 반드시 명심해야 할 기준이라고 본다.

우선 경쟁 상대를 적이 아닌 나라 발전을 추구하는 동반자로 생각해야 한다. 이 인식이 분명하면 무분별한 모욕적 언사나 인신공격이 사라질 것이며 한 사회의 지도자는 모름지기 그래야 자격이 있다고 본다. 배려와 관용이 없는 지도자는 얼음 칼과 같아서 사람을 상하게 한다. 동양의 군자도나 서양의 신사도가 이에서 다르지 않다고 나는 생각한다.

조정철과 홍윤애의 사랑

옛날 제주도는 서울에서 멀리 떨어진 바다 건너에 있는 악명 높은 섬이었다. 제주 유배인들에게는 깊은 한이 맺힌 땅이다. 1779년 9월 27세의 청년 조정철이 제주에 귀양 되었다. 조정철은 선조님들이 귀양살이했던 제주도에 자신까지 귀양 오게 되리라고는 생각지도 못했다. 악연의 땅 제주에서 귀양살이하게 된 자신을 생각하니 기막힌 일이 아닐 수 없었다.

조정철이 이렇게 귀양 와서 고독한 유배생활을 하고 있는 것을 잘 듣고 알고 있는 홍윤애(홍랑)는 그를 위하여 도움이 되고 싶은 생각을 하기에 이르렀다. 홍랑이 이런 결심을 하고 조정철의 적소를 1779년의 저물어갈 무렵부터 찾아가 그의 식사나 반찬을 장만하는 일에서부터 빨래에 이르기까지 조정철의 시중을 들었다. 거기에는 참으로 많은 남모르는 어려움이 많았다. 홍랑은 자신이 치르고 있는 고역은 하늘이 내게 준 소명으로 생각하고 그를 위하여 봉사할 수 있는 것을 큰 보람으로 느꼈으며 동시에 즐거움이었다.

홍랑은 이 세상에서 오늘날까지 살아온 보람이 그를 만나는 데 있다고 여겼다. 그녀는 고이 간직해 온 처녀의 모든 것을 그에게 아낌없이 바쳤다. 그렇게 서로 사랑을 맺고 뜨거운 관계로 발전한 지도 어느덧 일 년이 되었다. 홍랑은 마침내 사랑의 결실로 귀여운 딸을 얻게 되었다. 그런데 그들은 한 사람은 죄를 쓰고 버림받은 유배 죄인이었고 한 사람은 사랑해선 안 될 죄인을 사랑하는 기구한 운명이었다. 그들의 사랑은 고대광실 그 어떤 행복에 겨운 사랑보다도 고귀했다.

김시구가 제주목사가 되어 도임한 것은 1781년 3월이었다. 조정철의 집안과는 옛날 할아버지 때부터 원수 집안이었다. 김시구는 조정철이 귀양 온 뒤에 있었던 새 죄목을 캐는 데 혈안이 되었다. 홍랑은 조정철과 김시구는 원수로서 죽이려고 시도할 것이라 짐작하고 있는 터였다. 김시구는 홍랑을 잡아다가 형틀에 묶어 형리로 하여금 장을 치게 하였다. 홍랑은 자기 입 끝에 애인의 생명이 달려 있다는 것을 알고 죽음보다 더 괴로운 형장이라도 참고 이겨내야 한다고 다짐하였다. 자신이 죽음으로 조정철을 살려야 한다는 생각을 한 것이다. 형리들의 몽둥이질은 계속되고 홍랑은 맥없이 축 늘어졌다. 무고한 홍랑의 생명은 회생할 길이 막히고 말았던 것이다.

김시구 목사의 복수심에 눈이 멀었던 남형으로 지아비를 아끼고 또 살리려고 했던 갸륵한 의녀요 열려가 억울하게 죽어 간 것이다. 조정철을 지아비로 맞은 지 2년을 채우지 못한 시일이었고 귀여운 딸을 맞은 지 겨우 3개월 만이었다. 김시구 목사의 직권을 남용한 만행에 분노가 전신을 엄습하여 조정철은 도저히 견딜 수가 없었다. 29년간의 귀양살이로 평생을 보냈다는 생각을 하던 조정철에

게도 1805년 4월에는 귀양에서 풀려 황해도 고향 집으로 돌아가게
되었다.

늘그막에 관직에 등용된 조정철의 벼슬길은 매우 순탄했다. 1811
년 순조 11년에는 제주목사로 임명된 것이다. 그 원한의 땅에 7년
만에 사또가 되어 도임한다는 것은 참으로 상상할 수도 없는 극적
인 일이었다. 조정철이 도착하여 맨 먼저 찾아간 곳은 홍랑의 무덤
이었다. 자신의 죽을 고비에 직면하자 자신을 대신하여 의연히 목
사에 맞서 죽어간 생명의 은인이었다. 조정철은 무덤에 엎드려서
그대로 일어설 수가 없었다. 목이 메어 말문을 열 수가 없었다. 실
로 오래 억눌렸던 울분이 한꺼번에 터져 나왔다. 그는 그날 그 무덤
을 떠날 수가 없어 해지는 줄도 모르고 지난날에 신세 진 이웃과 반
가운 해후와 이야기로 감동의 시간을 보냈다.

조정철은 다음 날부터 인부를 사서 무덤을 단장하고 자신이 직접
쓴 비를 세웠다. "홍의녀 지묘"의 비문은 다음과 같다.

"묻힌옥 숨은 향기 문득 몇 년이던가/ 누가 그대의 억울함을 하
늘에 호소하리/ 황천길 아득한데 누굴 믿고 돌아갔나/ 정의의 피
깊이 감추고 죽음 또한 까닭이 있었네/ 천고에 아름다운 이름들
형두꽃처럼 빛나며/ 한집안의 두 절개 자매가 현숙하여라/ 젊은
나이의 두 무덤 이제는 일으킬 길 없고/ 푸른 풀만이 말갈기 앞에
돋아나는구나"

홍랑의 무덤은 전농로였다. 1936년 이곳에 제주농고가 들어서

면서 애월읍 유수알리로 이장되었다. 지금은 유수암 주유소 남쪽 400m 거리에 있다.

목사 조정철은 공무의 한편으로 자기 때문에 고통을 받은 이웃을 자주 만나 그들의 소원을 들어주고 귀양살이할 때 진 신세에 보답하였다. 조정철은 조선왕조 오백 년 동안 제주에 왔던 목민관 중에서 가장 드라마틱한 인물이었다고 생각한다. 반역죄에 연루되어 제주에 귀양 와서 유배 생활을 견뎌내고 기어코 살아남아 자원하여 제주목사로 제수 되어 내려온 사람이다. 조정철은 목사 재임 기간이 그리 오래지 않았다. 1812년 순조 12년 8월 동래부사가 되어 재주를 떠났다.

그는 그 후에도 제주사람이라면 여러모로 따뜻이 도와주었다고 한다. 조정철은 충청도 관찰사, 이조참판, 형조참판, 사현부 대사헌 등 두루 역임하고 1831년 5월 81세로 세상을 떠났다.

당시 시대를 돌이켜보면 귀양에서 풀려나 복권되었다고 해서 유배 시절 사랑한 여인과 그사이에 태어난 자식을 챙기는 것은 쉬운 일이 아니다. 더 높은 관직에 오를 수 있는 기회가 있었음에도 제주로 돌아와 사랑했던 연인의 명예를 되찾고 잃어버린 자식을 찾아 당시 사대부들의 자존심이었던 호적에도 올렸다. 홍윤애와 조정철의 사랑 얘기는 고향의 모성적 그리움으로 남아 240여 년의 세월을 넘어 오늘날까지 이어져 왔다는 것은 한 여인의 순애보에 그치는 게 아니라 제주 여성의 내면에 잠재된 기개와 절개 정신이 아닐까 하는 나의 생각이다.

지역사회를 위한 봉사하는 삶

2011년 6월을 기하여 제주상록봉사단이 발대식을 함으로써 봉사 활동을 시작하게 되었다. 우리 단원들은 지역사회를 위하여 공직에서 명예롭게 퇴직한 대부분이 60, 70대인 분들로 구성되었다. 나이가 많은 우리가 무엇을 할 수 있을 것인지 걱정도 되었으나 올해로 9년째 접어든 지금 나는 건강한 모습으로 어려운 이웃을 위하여 봉사한다는 데 긍지와 보람으로 열심히 봉사활동에 참여하고 있다.

사람은 누구나 태어나서 살다가 늙고 병들어 죽는 것은 어쩔 수 없는 과정이다. 너나 할 것 없이 모든 힘을 다하여 자식들 잘 가르치고 키웠으면 좋겠지만 모든 부모가 그렇게 할 수는 없다. 그런데 부모는 열 자식 거느려도 열 자식은 한 부모 모시기를 힘겨워하는 것이 요즘 세태가 아닌가. 자식들 얼굴만 쳐다보는 신세는 되지 말고 내 삶은 내가 책임져야 마음도 편하고 자식들 부담도 덜어주는 일이다.

내가 제주상록봉사단의 일원으로서 활동하는 것은 자원봉사의 도움이 필요한 사람이나 필요한 곳에 나 스스로 도움을 제공해 주는 것으로 생각한다. 그들에게 손을 내밀어 손을 잡아주고 아픔과 괴로움을 같이 나누고 위로하는 것이다. 지역사회와 이웃의 문제를 자기 일로 생각하고 스스로 해결하고자 하는 것이며 이에 대한 대가로는 정신적인 보람과 만족 외에는 아무런 반대급부도 바라지 않는다. 자원봉사는 우리가 생활의 일부로 여기고 꾸준히 실천해야 할 사명이다.

우리는 지역사회의 구성원으로서 사회적인 책임을 다해 나가야 하겠다. 이제 우리나라도 선진국 문턱에 들어섰으니 당연히 자원봉사에 많은 사람이 적극적으로 참여해야지 않겠는가. 늙은이가 후회하는 세 가지 항목 중 그 하나가 '좀 더 베풀걸'이라는 항목이 있다. 나눔이란 돈과 물질을 지원하는 것만을 생각하기 쉬우나 평생 축적해 온 지혜와 경험을 나눠줄 수도 있고 관심과 사랑을 나눠줄 수도 있다.

2011년부터 올해까지 상록봉사단의 일원으로서 '인효원'이라는 요양원에서 매월 봉사활동을 하고 있다. 그리고 오름과 해안가에서는 각종 쓰레기를 수거함으로써 환경정비활동에도 노력하고 있다. 요양원에서 우리가 하는 일은 건물 내 청소, 식사 보조, 주변 환경정비 활동 등을 하고 있으며, 그 외로 흘러간 옛 노래와 동요를 연주하고 춤도 추면서 노래 공연도 하였다. 우리는 남을 위해 봉사할 수 있다는 것만으로도 우리의 인생이 어느 사람보다도 자랑스럽다고 생각하며 건강이 허락하는 한 봉사활동을 계속하겠다는 마음을 갖게 된다. 우리는 그렇게 봉사하는 마음으로 앞으로도 살아갈 것이며 봉사활동을 끝낸 후에 느낄 수 있는 뿌듯한 기쁨과 행복감은 직접 체험한 사람만이 맛볼 수 있는 특권이라 하겠다.

그리고 제주시 이호 해변에서 해수욕객들의 안전을 위하여 환경정비는 물론 안전캠페인 등을 실시하였고 지난번에는 해안환경정비 활동에도 참여함으로써 아름답고 안전한 해변 환경 만들기에 일익을 담당했다.

우리가 모두 함께 더불어 살아가는 공동체에서 서로 마음을 열고, 자기가 가진 것을 나눌 때 우리의 삶은 윤택해진다는 생각이며 많은 욕심 부리지 말고 이웃과 더불어 쓸 수 있어야겠다. 2005년 10월에는 제주시장으로부터 어려운 이웃에 온정을 베풀어준 데 대한 고마움의 뜻을 담은 감사패를 받았다.

우리는 자신이 어떤 봉사를 할 것인지 먼저 준비하고 시작해야 즐거운 마음으로 봉사활동을 할 수 있을 것이다. 내가 솔선하여 먼저 모범을 보여야 할 것이며, 그래야 나도 할 수 있다는 자신감과 긍지를 가지고 정말로 보람되고 자랑스러운 삶이 되지 않겠는가.

앞으로 평생을 사는 동안 이 마음 변치 말고 미력이나마 지역사회를 위해서 봉사하는 자세로 살아야겠다는 다짐을 한다. 내가 앞으로 이 세상을 살아가면서 제대로 실천함이 힘이 들어도 자랑스러운 긍지를 가지고 정말 인간답게 살아야겠다는 마음을 견지하며 살아갈 것이다.

자원봉사(요양원)

큰아들의 입대

    지금부터 60여 년 전 내가 스무 살 되던 4월 하순에 해군에 지원 입대한 것이 엊그제 같은데 어느새 스물한 살 된 내 아들이 지난 며칠 전 군에 입대하기 위하여 논산훈련소로 떠났다.

    부모의 마음은 예나 지금이나 다 마찬가지겠지만 아들이 군에 가서 남과 같이 제대로 훈련을 받고 군 생활을 할 수 있을는지 걱정스러운 마음이 앞선다.

    내가 스무 살에 군에 갈 때는 타군보다 해군으로 간다는데 긍지를 가지고 진해에 있는 훈련소를 향해서 여객선을 탈 수 있었다. 이제 아들의 나이 스물한 살이 내 스무 살 때보다 어려 보이고 염려스러움은 부모의 노파심이 아닐는지도 모르겠다.

    그날 아침 식사를 끝내고 집을 나서기 전 "아버지 어머니 앉으십시오." 하며 큰절을 하는 게 아닌가, 아들을 바라보는 아내의 눈언저리에는 이슬이 맺혀 있는 것을 보았다.

    아버지인 나도 아들이 갈 때는 여러 가지 군 생활에 참고될 이야기를 선배로서 해주려고 생각하고 있었지만, 이 순간 목이 꽉 메임을 느끼는 것은 아들을 군에 보내는 어쩔 수 없는 부모의 마음이리라.

잘사는 집에서 어려운 것 없이 호의호식하며 자란 자식은 아니지만 그렇다고 눈물 젖은 빵을 먹으며 세상을 겪은 것도 아닌 자식이다.

아들이 부모 슬하를 떠나서 살아본 것은 일년 반 동안의 대학 생활이다. 조그만 단칸방에서 하숙과 자취를 번갈아 하면서 그래도 아들 나름으로는 타향에서 선후배 학우들과 하숙집 주인 등 많은 인간관계를 경험했으리라 생각된다.

매월 하숙비와 용돈을 충분히 보내지 못해서 아쉬움은 있었지만 그래도 내 아들은 그것으로도 고맙게 여기면서 열심히 공부하였으리라고 믿으며 자랑스럽게 생각한다.

어쨌든 오늘 군에 입대하는 아들은 좀 더 용감하고 씩씩하게 훈련을 받고 훌륭한 군인이 되어 조국과 민족을 위하여 주어진 임무를 충실히 수행하고 자랑스러운 대한의 아들이자 내 아들이 되어 보무도 당당하게 돌아오길 바라는 마음뿐이다. "고난을 극복하여 강한 군인이 되라"는 한마디를 아들에게 주고 싶은 간절한 내 마음이다.

평생 배우며 봉사하는 삶

　30년 이상 공직생활을 마치고 정년퇴직 한지도 어느덧 21년이 되었다. 나는 연미마을의 가난한 농부의 아들로 태어나 가정 형편상 남과 같이 정상적인 학업의 길을 거치지 못한 까닭으로 배우지 못한 한을 품고 살아온 사람이다. 내가 어렸을 때부터 청소년기까지는 일제 강점기 말에서부터 50년대 중후반까지인데 당시 부모님을 따라서 지금의 거주지인 용담동으로 이주하여 살게 되었다.

　그러나 그 당시에는 시골과 도시의 차이가 별로 없었다. 해변 가에 살면서도 시골 사람들과 똑같이 아니 거리가 멀기 때문에 더 어렵게 농사를 지으면서 살든 시대였다. 우리 부모님께서는 세상이 이렇게 많이 변하리라고는 감히 상상도 못 하시고 이 자식들도 똑같이 농사나 지으면서 살 것이라는 생각으로 교육시킬 엄두도 아예 하지 않으셨는지 밭 두어 필지에 농사를 지으면서 농사일을 거들도록 하였다. 그때는 요즘같이 길도 좋지 않았고 기동력도 없는 시대인지라 이곳 용담동에서 연동까지 농작물 경작에 소요되는 각종 거름이나 식사 거리 등을 모두 마차 아니면 등짐으로 지어 운반하였다.

　그 당시 신발도 고무신 또는 운동화도 흔하지 않은 시절이라 신발이 찢어져서 신을 수가 없게 되면 흰 눈이 휘날리는 겨울 날씨에도 용담동에서 시내의 국민학교까지 맨발로 야간학교에 공부하러 간 적도 있었음을 기억한다. 그렇게 어려운 시절 그때 내 나이는 열네다섯 살쯤 된 때였으리라고 생각된다. 밭으로 일하러 가면서 도중에 교복을 산뜻하게 입고 학교로 또는 집으로 가는 여학생을 마주칠 때가 있었는데 그걸 보는 내 마음은 눈물이 났다. 여자들도 저렇게 공부하러 다니는데 나는 남자인데도 이렇게 거름이나 지고 밭으로 가야 한다는 게 참으로 한심스러웠기 때문이다.

그래서 나는 어떻게든 공부를 해야겠다는 결심을 하였다. 그 당시 서울강의록이라는 책을 서울에서 받아서 독학을 하였고 동네 친구에게서 학교 책도 빌려 보기도 하였다. 그렇게 해서 독학하는 길로 들어설 수 있었다. 그 후로도 계속해서 군대 가기 전 집에서 사는 동안은 농사일을 잘하지는 못했으나 부지런히 도우며 살았다. 밭농사 일은 김매는 일에서부터 돗통시에 거름을 내어 밭으로 실어 가서 골고루 뿌리고 난 후 씨 뿌리고 가꾸어서 농작물이 결실을 보게 되면 벼(비)고 묶어서 집으로 실어 오고 곡식을 타작 또는 털어서 말리고 보관했다가 동네에서 공동으로 사용하는 돌 방앗간에서 돌방아를 빙빙 돌리면서 방아를 찧어 껍질을 벗기기까지 모든 일을 주로 인력으로 감당했던 시대였다.

그래서 해변에 살면서도 소에 쟁기는 매울 줄 모르지만, 밭갈이 작업은 좀 할 줄 안다. 그리고 청소년 시절인 당시에는 땔감이 귀한 때였다. 곶(산 숲속)에 가서 썩은 나무 또는 솔잎, 억세 등 땔감을 구해 와야 밥을 해 먹는 시대였다. 그리고 상수도도 없이 물지게 또는 양동이로 바닷가에서 솟아나는 용천수를 길어다가 밥을 지어 먹었다. 이런저런 집안일을 조금씩 도와가면서 살다가 해군에 지원 입대하게 되었다.

해군에 입대하고 3개월 동안 신병훈련을 마치고 나오니 체중이 더 불어날 정도로 집에서 사는 것보다 편했다. 만 3년 동안 군 생활을 하였는데 내가 80 평생 사는 동안 가장 행복한 시기였다고 생각한다. 왜냐면 국가에서 재워주고 입혀주고 먹여주니 천하 졸병 무사태평 시대였기 때문이다. 군에서 제대하고 수년 동안을 놀기 좋다고 놀다가 보니 모든 친구들은 제 갈 길을 택하여 가버리고 혼자 외톨이가 되어서 이젠 공부나 해봐야겠다고 생각하고 두문불출 머리 싸매 가며 독학으로 공부를 하여 어렵게 공직에 입문하였다.

공직생활 20년 이상을 여러 곳의 일선 동사무소에서 근무하였다. 직접 주민들과 부딪치며 내 나름으로는 가정생활이나 직장생활을 청렴하고 검소하게 함으로써 떳떳하고 홀가분하게 퇴직할 수 있었다. 직장에 있을 때는 언제나 시간에 쫓기며 살았다. 무슨 일이 마무리가 안 되면 집에 와서도 잠이 안들 정도로 책임감에 시달리며 살았다. 그러나 퇴직할 당시에는 자리를 후배에게 물려준다는 생각에 미련 없이 편안한 마음으로 정년퇴직을 하였다.

배움에 한이 된 나는 올해도 무엇인가 배움의 길을 찾아서 이 생명 다하는 날까지 열심히 배우는 자세로 매진해 나가려고 한다. "만나는 사람마다 교육의 기회로 삼아라"는 미국 제16대 대통령 링컨의 좌우명을 나는 소중히 여기며 열심히 실천하면서 살았다. 지위가 높은 사람이거나 낮은 사람이거나 윗사람이거나 아랫사람이거나를 막론하고 어떤 문제이건 모르는 것이 있으면 무엇이든 부끄럼 없이 질문하고 배우기를 게을리하지 않았다. 이는 평생 나를 지켜 준 소중한 말이다.

가끔은 시, 수필도 쓰고 모 지방지에 칼럼도 써서 기고도 하고 있다. 1999년 9월에는 한국공무원문학협회 시 부문 신인상도 받았다. 그리고 2002년 7월에는 제주지방 체신청 주관 실버 정보 검색대회에서 당당히 대상을 받았다. 2003년 3월 8일 세계 여성의 날 기념 아내 사랑 엽서 보내기 공모에서 아름다운 남편상 "부부 화음상"을 받았다.

그리고 나는 이 사회의 그늘지고 어두운 곳에 대해 베푸는 삶이 필요하다고 생각한다. 2003~2005년도에는 조그만 자영업을 하면서 남는 부분이 있으면 설과 추석 때를 택하여 지역 동사무소를 통한 기초생활수급자 돕기 등, 라면 등을 지원하였다. 자신의 삶에 욕심 하나를 줄여서 우리 이웃을 돕는데 쓴다면 그들은 받아서 좋고 나는 베풀어서 좋고 그보다 더 값지고 보람된 삶은 없을 것이다.

그렇게 사회에 봉사하는 마음으로 살아보자. 노후에 존경받는 길은 이웃에 작은 것이라도 베풀려고 하는데서 얻을 수 있을 것이다. 2005년 10월에는 제주시장으로부터 어려운 이웃에 온정을 베풀어 준 데 대한 고마움의 뜻을 담은 감사패를 받았다. 이에 보답하는 심정으로 앞으로도 평생을 미력이나마 지역사회를 위해서 봉사한다는 자랑스러운 긍지를 가지고 살아가도록 노력할 것이다.

한세상 곧게 사셨던 아버님

이제 칠순이 넘는 나이에 34년 전 돌아가신 아버지의 모습을 그려본다. 아버지께서 40세 되던 해에 장남인 내가 태어났다. 거의 손자에 가까운 장남을 낳았으니 정말 많이도 기뻐하셨을 것이다.

당시는 일제 말엽으로 세상 살기가 어려운지라 중 산촌에서 살다가 해변 쪽으로 거주지를 옮겨 살고 있었다. 해방 후 3년쯤 되었을 때는 6·25 한국전쟁 다음으로 인명, 재산 피해가 많았던 비극적인 제주 4·3사건이 일어나고 흉년도 겹치면서 참으로 어려움이 많았던 시대였다.

너나없이 넘기가 어려웠던 춘궁기인 보릿고개에는 보리밥도 먹기 어려워 밀겨로 범벅을 해 먹으면서도 온종일을 밭에서 농사일해야 했다. 아버지는 다른 이들과 달라서 어렵고 서러운 일이 있어도 겉으로는 잘 표현을 안 하시는 성격이라 속마음은 오죽이나 탔을까 하는 생각이 든다.

아버지는 남과 같이 학문을 배울 기회는 없었으나 머리가 매우 영특하시어 한번 듣거나 본 것은 잊어버리지 않으셨던 것 같다. 특히 일상생활에서 쓰는 한자는 거의 읽을 수 있어서 남들이 하는 것은 무엇이든지 이해하며 살았다.

아버지가 젊었을 때는 농사를 짓는 것은 물론, 죽세공품을 만들어서 팔았으며, 가축 장사도 하면서 열심히 가계를 꾸려갔으나 그렇게 풍족하게 살지는 못했다.

그런데 자식들은 아버지를 닮아 머리가 좋아서인지 배움에 게으르지 않고 열심히 독학하는 등 부지런히 앞날을 닦았다. 자식들에 의지하면서 말년에는 비교적 어려움 없이 지냈으나 84세 때에 몸이 편치 않아 앓아누워서 며느리의 병수발을 받으면서 지내시다가 4, 5개월 만에 85세로 한 많은 세상을 하직하셨다.

어머니는 아버지 62세 때에 돌아가셨지만 새어머니를 모셔오도록 권유하였으나 내가 얼마나 살겠느냐며 귀신만 하나 더 만들어 놓으면 자식들만 짐이 된다고 하시며 극구 거절하시었다. 어머니 없이 20년 이상을 홀로 사시다가 돌아가신 셈이다.

아버지는 그렇게 곧은 성격의 소유자였다. 장남인 내가 군대는 일찍 다녀왔지만 배운 게 없어 취직자리를 마련하기 어려웠었는데 어떻게 공부를 하다 보니 말단 공무원에 합격 되어 아버지께 합격했다고 말씀을 드리니 겉으로 표현은 안 했으나 감격의 한숨과 그랬느냐는 말씀으로 받아주셨지만, 속마음은 얼마나 기쁘셨을지 짐작이 간다.

아버지의 성품은 매우 고집스러울 정도로 청렴결백하여 결코 남의 것을 욕심내지 않았으며 남에게 조그만 은혜라도 입게 되면 염두에 두었다가 반드시 보답을 하는 성격이었다. 할머니는 여인이면서도 힘이 센 장사였는데 아버지는 할머니를 닮아서인지 동네 청년들과 씨름판을 벌이면 언제나 독판을 몰았으므로 모전자전의 力士라는 소리를 듣곤 하셨다.

이제 아버지가 돌아가신 지 어느덧 31년 세월이 유수와 같이 흘러갔다. 그때만 해도 옛날이어서 의료시설이 지금같이 잘 되어있지 못했던 때였다. 한 번도 제대로 병원에 가서 편하게 진료해드리지 못했던 것이 가슴이 아프다. 지난 2월에만 해도 내가 정신을 잃어서 쓰러졌을 때 아내와 자식들이 병원으로 데리고 가서 응급 진료를 받았기 망정이지 그냥 방치했었더라면 어떻게 되었을지는 모를 일이 아닌가!

아버지의 생전의 모습이 그리워진다. 그러나 다시는 볼 수도 없으니 이래서 인생은 허무하다고 하는 것일까! 아버지! 내가 오르기 어려운 큰 산이면서 건너지 못할 깊은 바다 같으신 분! 아버지를 그리며 아버지의 길을 가는 나 자신을 되돌아본다. 지금, 이 순간도 아버님이 보고 싶다. 조선 말엽 나라가 어려운 시기에 태어나서 고단하고 피곤함을 다 무릅쓰고 한세상 곧게 사셨던 아버님! 여러 손자 손녀들도 착하고 예쁘게 무럭무럭 잘 자라고 있사오니, 이제 편히 쉬시고 고이 잠드소서. 아버님의 묵직한 사랑을 지금, 이 순간 되새겨 본다.

해녀 물질은 목숨의 경계를 넘나드는 일

　지구의 70%가 바다라고 하는데 그 푸른 물빛은 때로는 우리에게 여행을 충동질하는 강력한 매개가 된다. 제주 바다도 물빛으로 어느 여행지보다 많이 뒤지지 않는 푸른 섬 제주이다. 비취색 바다 청록색 용천수 등 제주는 곳곳에 파랑을 품고 있다. 한여름 끝자락에 제주 바다를 만끽할만한 곳을 찾아 지난 며칠 전에 문학기행을 다녀왔다. 정호승의 "바닷가에서"라는 시가 생각났다.

　　"누구나 자기만의 바닷가가 하나씩은 있는 게 좋다. 자기만의
　　바닷가로 달려가 쓰러지는 게 좋다"(일부)

　제주 동쪽 바다는 곳곳마다 제주 해녀들로 가끔 북적인다. 나는 어렸을 때부터 바다를 끼고 살았으니 바다를 봐도 별다른 생각은 나지 않는다. 어렸을 때는 용연에서 헤엄도 치고 다이빙도 하며 놀았으며 좀 커서는 용두암 바닷가에서 수영도 하고 목욕을 하면서 살았다. 제주 해안마을 여자들은 대부분 해녀로서 물질한다. 그녀들은 제주에서 태어나 어렸을 때 손 어업을 배웠거나 해안마을로

시집을 와서 늦은 나이에 해녀가 된 사람들도 있다. 해녀가 되는 공식적인 루트는 없다. 그냥 여기에서 태어나 엄마, 이모에게 물질을 배워서 해녀 작업을 한다 싶으면 해녀 회에서 인정을 받고 해녀가 된다는 것이다. 해녀라고 해서 모두가 해녀 활동을 하는 것은 아니다. 물질을 할 수 없는 고령자나 농사에 치중하는 사람들도 많이 있다. 그런데 해조류 채취 시기가 오면 평소 물질을 하지 않던 모든 해녀들이 바다에 들어간다. 해조류 채취는 짧은 기간에 많은 돈을 벌 수 있기 때문이다. 우뭇가사리나 감태 시즌이 오면 해녀 아닌 사람들은 근처에 얼씬도 못 한다. 그야말로 인정사정 볼 것 없는 삶의 현장이다.

우뭇가사리를 채취하는 시기의 제주 동쪽 해안마을에서는 일생에 한 번 볼 듯 말 듯 한 장면들을 경험할 수 있다. 우선 해녀들의 물질 모습을 자세히 다양하게 볼 수 있다. 관찰해 보면 조금 먼 바다에서 물질하는 해녀, 그다음으로 먼바다에서 물질하는 해녀, 바다와 육지의 경계선에서 물질하는 해녀들로 구분된다. 멀리 있는 바다에서 작업하는 해녀들은 상군으로 불리는 베테랑들이다. 해안선에서 조금 떨어진 곳은 애기바당이라고 부르는데 경력이 짧은 해녀들이 주로 활동하는 구역이다. 갯바위 근처에는 주로 고령자들이 물질을 한다. 이곳을 할망바당이라고 부른다. 상군 바당과 애기바당, 할망바당이 멀리 떨어져 있는 경우도 있다. 해녀들은 물속 사정을 잘 알고 있으며 각각의 구역은 고정되어 있지는 않다고 한다.

해녀들의 물질은 상군의 경우 수심 10~20m까지, 애기나 할망은 비교적 얕은 물 속으로 들어가 숨이 목젖까지 왔을 때 미처 채집하지 못한 사냥감의 위치를 확인함과 동시에 잽싸게 오리발을 치며 수면 위로 올라와 숨 쉬고 포획물을 망사리에 챙기고 다시 물속으로 들어가는 동작의 연속이다. 숨비소리는 이때 들을 수 있는데 물속에서 1~2분 동안 호흡을 멈추고 작업하던 해녀가 더 이상 숨을 참을 수 없을 때 물 위로 올라와 내쉬는 호흡법을 말한다. "호이 호오이~" 하는 소리가 마치 휘파람 소리같이 들린다. 숨이 끊어지기 직전까지 물질을 하다 한 번에 조금씩 토해내는 해녀들의 호흡법은 가난하고 척박했던 제주도민들의 애환을 상징하는 탄성이기도 하다.

그렇게 채취 활동을 하다 보면 어느새 망사리에 한가득 우뭇가사리가 담긴다. 테왁에 망사리를 매달고 그 부력으로 갯바위까지 다가오면 육지 끝에서 기다리고 있던 남편이나 가족이 바닷물 잔뜩 머금은 우뭇가사리를 받아 지게에 옮겨서 지고 해안도로에 세워둔 트럭으로 나르고 해녀는 다시 바다로 나간다. 해녀들의 물질이 모두 끝나면 말리는 작업이 시작된다. 건조 장소는 따로 없다. 마당이 넓은 사람은 집안 마당과 대문 앞 올레에 널고 여의치 않은 사람은 도로변 자전거 도로에 널기도 한다.

이렇게 말리고 대형 포대에 포장해서 기다리고 있으면 수협에서 트럭으로 마을을 돌며 수거해 간다. 집집마다 수십만 원에서 백만 원이 넘는 돈을 손에 쥐게 된다. 대부분 해녀들은 세상에서 제일 행복한 때가 물질할 때라고 한다. 그 안에 들어가면 세상 모든 근심과 번뇌가 사라지기 때문일 것이다. 또한 일한 만큼 돈이 되고 삶의 공평함을 느끼기도 한다. 해녀들의 물질이 멀리서 볼 때는 평화로운 풍경이지만 해녀 자신들에게는 목숨의 경계를 넘나드는 일이다. 이렇게 하여 제주 동쪽 해녀들은 채취 활동이 모두 끝나게 된다.

　다음은 하도리에 있는 해녀박물관을 둘러보았는데 1층 로비 영상실에서 8분여의 영상을 통해 제주 해녀를 소개했다. 박물관 관람에 앞서 제주 해녀에 대한 전시물들을 깊이 이해할 수 있도록 하였다. 제1전시실에는 해녀의 삶을, 제2전시실에는 해녀의 일터를, 제3전시실에는 해녀의 생애를 엿볼 수 있었다.

　흔히 인생을 고해라고 한다. 어느 누구의 삶인들 지난하지 않은 삶이 있을까마는 옛날 해녀들은 열 살이 되기 이전에 물질을 배우기 시작해서 평생을 바다와 함께 살았다. 처음 입수했을 때의 두려움은 늙은 해녀가 될 때까지 가시지 않는다고 한다. 해녀들은 가끔 엄마를 원망할 때도 있었겠지만 어머니에게 배운 덕에 밥 먹고 살고 있어 감사한 마음도 있지 않을까 하는 생각이다.

해녀문화 유네스코 등재와 발전

　나는 오늘도 지구의 70%가 되는 푸른 바다를 바라보며 매일 아침 해안도로를 걸으며 지내고 있다. 나는 어린 시절을 해변에서 바다와 같이 살았다. 제주 바다는 거칠다. 여객선을 타 보면 제주 바다에서는 정말 멀미가 심하다. 해녀들의 바다는

　연안이지만 어부의 바다는 멀고 넓은 해양이다. 바다에서 작업을 하며 살아가는 어부와 해녀들은 힘들고 고된 일로 인하여 스트레스를 많이 받아 건강에도 문제가 생기고 있는 것이다.

　제주 해녀들은 강인한 생명력으로 바다를 누벼 왔다. 중국과 일본은 물론 러시아까지 진출해서 기술을 전수했다. 바다를 터전으로 해서 독특한 생활방식으로 살아온 해녀의 끈질긴 정신과 생활력은 우리가 지켜야 할 문화유산이다. 태왁 하나에 의지하여 거친 파도 속에서 해산물을 채취하는 해녀는 가장 제주적인 여성의 상징이다. 해녀들은 바다 밭을 채취의 대상으로 끊임없이 가꾸었고 그 과정에서 얻은 지혜를 후배들에게 전승해 왔다.

　해녀들이 물질할 때 작업 환경에 적절히 고안된 옷과 도구는 해녀들만이 생활의 지혜이다. 그 종류를 보면 물소중이, 물 적삼, 물

수건, 태왁 망사리, 물안경, 빗창, 작살, 성게 칼, 질 구덕 등이다. 물질 도구는 지난 2008년 특별자치도 민속자료 10호로 지정되었다. 제주의 해녀는 점점 그 수가 줄어들고 있다. 왜냐면 물질은 아주 힘들기 때문이며 자식에게 일을 물려주려 하지 않기 때문이다.

어촌 마을마다 해녀가 활동하는 바다의 어장 범위를 정해놓고 입어권이라는 독점적 권리를 주고 있다. 이것은 어족자원을 보호하고 해녀들의 권리를 지켜주는 뜻도 있겠지만 이러한 권리는 일종의 소유권으로 인식되면서 일반 제주도민들이 바다를 가까이서 즐길 수 있는 권리를 빼앗는 결과를 초래하고 있다. 입어권이 없는 일반 도민들은 바다에 얼씬도 못 하게 만들었기 때문이다. 그렇게 하여 제주도 연안의 바다는 도민 누구나의 바다가 아니라 어촌계 해녀들만의 바다로 변해 버린 것이다.

1970년대 초부터는 해녀들이 고무 옷이라고 부르는 잠수복을 입었는데 이 옷을 입고는 장시간 작업이 가능하고 능률도 많이 오르게 되었다. 이는 해녀들의 생계유지에 도움이 되었다. 지금은 잠수복을 입고 오리발을 신고 물질을 하지만 옛날에는 저고리 하나만 걸치고 바닷속으로 들어갔다. 이조시대 정조대왕은 해녀들 이야기를 듣고 그렇게 좋아하던 전복을 끊었다. 정조뿐만 아니라 조선시대 제주 목사들도 부임해서 순찰 나갔다가 한겨울에 알몸으로 바다에 뛰어드는 모습을 보고 전복을 끊었다.

2016. 11. 30일 제주해녀문화가 유네스코 무형문화유산에 등재됐다는 발표로 그 감동은 우리 가슴을 뭉클하게 하였다. 2013년 12월 문화재청에서는 제주해녀의 유네스코 인류무형문화유산 등

재 추진을 시작하였다. 유네스코에 등재 신청을 한 지 거의 약 3년 만의 쾌거였다. 제주도는 해녀가 유네스코 무형문화유산에 등재됨에 따라 문화관광 상품으로의 가치를 높이기 위해 노력하고 있으며 대평리해녀팀은 독일의 초대를 받아 해녀 출가의 노래와 이어도사나를 공연한 바 있다. 고된 물질을 하며 생계를 책임졌던 제주해녀들의 고생과 수고로움을 덜어내기 위해 불렀던 노래가 세계인들의 마음을 울렸다고 한다. 제주해녀 브랜드가 세계로 뻗어갈 수 있도록 도가 지원해주고 있으며 9월엔 해녀축제도 얼린다고 하지 않는가!!

현장 일을 할 수 있을까

군에서 제대한 지 한 달쯤 되는 어느 날 무엇인가를 해야 한다는 일념으로 모 공사장에 일을 나갔다. "현장 일을 할 수 있을까" 하는 K사장의 말이 나의 귀를 울린다. 과연 힘 들것 같았다. 그러나 어차피 살기 위해선 나는 무엇이든 해야 할 처지이다.

어떻게 사는 것이 현명한 삶일까. 더 이상 괴로워할 것도 없지 않으냐. 어떻게든 사람답게 잘 살아야겠기에… 정말이지 이러다간 미쳐 버릴 것만 같다. 혹 정신 이상이라도 되면 어떻게 하지! 아 인생 일대가 이다지도 어렵고 괴로운 것인가!

이 세상에 태어나는 여러 부류의 인간상들을 생각해 보자. 부잣집에서 태어난 사람도 있고. 가난한 집에서 태어난 사람도 있다. 지위가 높은 집에서 태어난 사람도 있고. 보잘것없는 농군의 집에서 태어난 사람도 있을 거다. 이 고르지 못한 인간대열의 배치를 그 누구를 원망할 것인가.

제대할 때의 그 의지와 결심은 다 어디로 갔을까. 마음이 약한 탓일까. 아니면 세상 모든 사람과 같은 평범한 생각일까. 이런 것은 확실히 나의 약한 마음의 동요이겠지. 직업이 천하면 어떤가. 자신이 천한 몸인데 말이다. 무엇이든 구별 없이 일을 해서 정당한 보수를 받고 사는 것이 양심적인 삶이고 사람답게 사는 게 아니겠는가. 먹고 입고 살아야 하는 게 인간이고 삼등 인생인 자신이기에.

이 사회를 생존경쟁이 극심한 새 파라고 한다. 이런 세파 속에 마음 푹 놓고 이 몸을 던져봄이 어떨까. 마치 낙엽이 강물 위를 떠내려가는 것 같이 말이다. 인생은 밑져야 본전인, 길고도 짧은 여행이라고 하지 않는가. 가다가 기회랄까 걸리는 게 있으면 재빨리 잡으면 된다고 말들은 하지만 정말 그럴까. 잡을 수만 있다면야 괴로워할 게 없으련만 지금의 나에겐 아무것도 필요 없다. 지금의 나는 외롭지도 않다. 아무 감각도 느낄 줄 모르는 바보, 아니 목석이어도 좋다.

이 순간 나는 나를 위해서만 살고 싶다. 내가 남을 위해서 살아본 적이 단 한 번도 없지만 내가 있으므로 남이 있을 것이기에 남이야 뭐라고 비웃어도 좋다. 지금의 나에겐 다만 경제력 하나만 해결하면 그만이다. 돈에 환장한 나 자신이 정말 가엽고 서글프다.

고요한 이 밤 저 밤하늘에 반짝이는 별들은 진정 나를 비웃고 있으리라! "현장 일을 할 수 있을까"하는 K사장의 말이 또다시 나의 맥 빠진 귓전을 울리고 있다.

서홍식 수필가의 수필집

《어버이 은혜를 저버리지 말라》에 부쳐

東甫 김길웅(수필가·문학평론가)

서홍식 수필가의 성실하고 억척스럽게 살아온 한 인생의 서사(敍
事)를 만난다. 1940~50년대 적빈(赤貧)의 시대에 태어나 성장하면
서 초년고생을 혹독히 견뎌낸 분이다. 농부가 땀 흘리며 농사짓듯
공부도 독학이고 문학도 혼자의 힘으로 일궜다. 생각하고 읽고 쓰
며 글을 익혔다. 그리고 혼자 썼다 지우고 지웠다 다시 쓰며 시종
매진해 온 것이 그의 수필 수업이다. 그런데도 문리가 순조로운 데
다 맞춤법 하나 어긋남이 없으니 놀라운 일이다.

놀며 즐기지 않고 일에 매달리는 천성 그대로 자신의 삶에 치열
했던 그의 인생역정을 아는 사람이면 그 앞에 옷깃을 여미리라. 제
주도 지방공무원 생활에서 정년퇴직 후, 2011년 수필 등단(대한문
학)에 이르기까지 그의 삶은 갈 수 있는 데까지 간다고 일관해 온
입지전적인 발자취라 해도 조금도 지나침이 없을 것이다.

살면서 줄 것이 있으면 줘야지 가지고 있으면 뭐 하오. 내 것도
아닌데 삶도 내 것이라고 하지 맙시다. 잠시 머물다 가는 것일 뿐
삶에 억눌려 허리 한 번 못 펴고, 인생 계급장 이마에 붙이고 뭐
그리 잘 났다고 남의 것을 탐내는가. 훤한 대낮이 있으면 까만 밤
하늘도 있지 않나요. 낮과 밤이 바뀐다고 뭐 다른 게 있소. (중략)
내 인생, 네 인생 뭐 별거라던가. 바람처럼 구름처럼 흐르고 불다
보면 멈추기도 하지 않소. 우리는 그렇게 사는 것이다. 삶이란 한
조각 구름이 일어남이요, 죽음이란 한 조각 구름이 스러짐이다.

                   - 〈80년대 전후의 우리 인생〉 중에서

쉴 새 없이 시대의 거센 물결에 흔들리면서 뼛속에 파인 자국일
까. 소소한 일에 얽매이지 말고 초탈한 삶을 살아야겠다는 인생 지
침에 일찍이 통달했다. 소유와 성취에서 생과 사에 이르기까지 서
홍식은 자유인의 경지에 도달한 사람으로 다가온다. 특히 죽음을
'일편부운멸(一片浮雲滅)'이라 풀어간 대목은 그가 닿아 있는 철학적
생사관에 크게 공감케 하지 않는가. 힘겨운 속에서도 손에서 책을
놓지 않았던 눈물겨운 발자취를 더듬게 했다.

원고 출력물을 들고 방문했기에 작품 해설을 격에 맞춰 쓰겠다
했더니, 짧아도 상관없다 하므로 취향 따라 '발문'을 택하기로 했
다. 아쉬움으로 남는다.

표제작이 〈어버이 은혜를 저버리지 말라〉이다. 아버지를 그리워
하며 쓴 글인데, 길지 않지만 읽는 이에게 큰 감명을 줄 것이다.

어머니는 아버지께서 62세 때에 돌아가셨지만, 새어머니를 모셔오도록 권유하였으나 내가 얼마나 살겠느냐며 귀신 하나 더 만들어 놓으면 자식들만 짐이 된다고 하시며 극구 사양하셨다. 어머니 없이 20년 이상을 홀로 사시다 돌아가셨다. 아버지는 그렇게 곧은 성격의 소유자이셨다. 아버지의 성품은 매우 고집스러울 정도로 청렴결백하여 결코 남의 것을 욕심내지 않았으며, 남에게 조그만 은혜를 입게 되면 염두에 두었다가 반드시 보답하는 성격이었다. (중략) 이제 아버지가 돌아가신 지 많은 세월이 흘렀지만, 그때만 해도 옛날이어서 의료시설 잘되어 있지 않은 때였다. 한 번도 병원에 가서 진료해드리지 못한 것이 가슴 아프다.

- 〈어버이 은혜를 저버리지 말라〉 중에서

서홍식 수필가, 이 글을 쓰면서 필시 숨죽여 오열했을 것이다. 자식으로서 잘 모시지 못한 회한이 회상의 공간으로 되살아났을 것 아닌가. 화자는 후회 속에 지난날을 반추하고 있다. "무릇 사람이라면 은혜를 알고 보답해야 하는 것이다. 은혜를 저버리는 행위는 배은망덕이라고 하지 않는가. 아버지는 내가 오르기 힘든 큰 산이며 건너지 못할 넓고 깊은 바다 같으신 분! 아버지를 그리워하며 아버지의 길을 가는 나 자신을 되돌아본다."

'어버이 은혜를 저버리지 말라'는 단순한 경구가 아니다. 아버지를 향한 사무치는 그리움에서 나온 말로 서홍식 수필가의 진정이 녹아든 목소리이다.

서홍식 작가는 자수성가형 수필가이다. 오래전부터 「제주일보」

칼럼 '사노라면'의 필진으로 활동한다. 낙숫물이 마침내 댓돌을 뚫는 법이다. 여든을 치고 오른 연치이나 소망하던 글쓰기이니, 더욱 정진해 아름답고 탐스러운 열매를 맺었으면 한다.

　문운이 창대하기를 기원한다.

우리집 가훈

- 건강한 신체와 건전한 정신 갖도록 항상 심신을 단련하자.

- 큰 꿈을 품고 읽고 쓰고 사고하는 습관을 생활화하자

- 항상 정직하고 성실하며 남을 배려하고 봉사하는 자세로 살자

- 한두 가지 취미를 길러 인생을 여유 있게 생활하는 사람이 되자.

- 형제간에 서로 돕고 의지하며 이 험한 세상 함께 살아가자

좋은 글

만나는 사람마다 교육의 기회로 삼아라.
(링컨의 좌우명으로 평생 나를 지켜준 소중한 말이다)

말은 잘 못해도 거짓말은 하지 않는다.
(크레티앙 총리는 평생 정직하고 검소하게 살았다)

돌이킬 수 없는 것이 있다.
(입을 떠나버린 말, 잃어버린 기회, 가버린 시간이다)

본 가훈은 좋은 글을 보다가 내 의견을 첨가하여 만든 것이다.
우리집안 손자 손녀들이 세상을 바르게 살도록 하려는 것이다.

서 흥 식 집안의 가훈입니다

어버이 은혜를 저버리지 말라
서홍식 수필집

1쇄 인쇄 | 2023년 1월 09일
1쇄 발행 | 2023년 1월 16일

지 은 이 | 서 홍 식
펴 낸 이 | 노 용 제
펴 낸 곳 | 정은출판

출판등록 | 2004년 10월 27일
등록번호 | 제2-4053호
주   소 | 04558 서울시 중구 창경궁로 1길 29 (3층)
대표전화 | 02-2272-9280
팩   스 | 02-2277-1350
이 메 일 | rossjw@hanmail.net
홈페이지 | www.je-books.com

ISBN 978-89-5824-476-9(03810)
값 13,000원